2022

中国青年诗人作品选

龚学敏 刘学民 主编

成都时代出版社
CHENGDU TIMES PRESS

都在腾空身体里的重量，让灵魂轻盈一些/而木梯的另一端，害羞的月亮已悄悄爬上草垛/父亲，像一个古代的游侠，大步流星归来/直到天黑，他把火柴慎重地填了回去，像填回去一整座森林/一条垂危的鱼搁浅在河道上，耀眼的鳞伤与潺潺波光融为一体/人们通过做梦，让夜晚的自己与白天的自己对话/我为什么要吝啬赞颂/我要卧倒在冬天的沙发上，喝春天的酒，忆夏天的你/今夜的他，会以残躯，坐断头顶极天的鸟道，抵达牢笼的梦境，在夜色里去向不明/如果你愿意，我倾泻给你听/给你天空的安慰，还有土地的藕断丝连/他已经懂得如何将它们封存为木柴里的火焰/杏黄的房子，曾经流动过红壤，凝结成不透风的音墙/她需要太阳和月亮的力量，去练习飞翔/在无数个我看不见的时刻，改变发生着，像潮起潮落/一不小心就踏虚了，生命失去平衡的支点/一万层的云，只是风暴的一层薄面皮/悲剧被允许，我在你灼热而痛苦的灵魂里游来游去/而不被制止/下不下雪都不要紧，月亮越过山顶/这样，西域草原就少了一个孤独的人，多了一片汹涌的花海/温度来得猝不及防，我想回到冰山怀抱/你伤心一个老人离去，他摸着一棵树走/她停下，和着店铺前的光/咳嗽着进入他忧郁的晚年，吹浏阳河孤独的风/被远山包裹，树木齐刷刷望着我/如同一头大象，站在盛放的樱花上/那片田野，曾经属于我夏夜漫长，徒有星光/远山如飞，翼展大于整个尘世/他们没能在星光下找到出路，但已从光亮里获得了安慰/雌亡，雄不复他娶。雄不存，雌亦⋯⋯/白色月亮的儿子，举着诚实与妄想的火光/拥抱再⋯⋯总是有缝隙，那里依旧是一片废墟/还有一只不懂事的蜻蜓，把我和我的哥哥留住/它们仰望左边的山峰，又俯视南面的山坳，对生长的或者期待的，皆一视同仁/你收回视线，从一幅油画中取出我/她怎样独自度过她海藻一样飘摇又柔韧的一生/我遇到了一叶风中的轻舟，一双眼睛，那是射向苍凉的两束飞驰的光芒/看吧，乌兰，我们的生活从来都要忍住平静幸福的眼泪/天空伸出手指点亮星辰，又替阴云卸下了负重/晚睡，让我隐约感觉到了⋯⋯/是我让她相信疼痛像一层灰尘，一阵风就吹走了/一层铁锈落在地⋯⋯但是那些字符轻易地就拔出了泪水的根须/把一辆破汽车颠簸地开上公路，以毫无内疚的堕落谱写热病似的自由/我抱着的肉体，他必然要挂满人世的尘埃/用身体的松针不断分割鸟群的天空/当我明白这些，⋯⋯/哪怕是回声也得忍让，况且是念念不忘/一整夜，太阳把白昼搬到东半球/秋日的阳光正在加速影子死亡的速度，我指着远处的云，向谈判回来的人描述云的模样/终其一生，我们

目 录

A—K

L—N

Q—W

X—Y

Z

【A
I
K】

1

想念

两个身体的碎片

隔着夜空

在星辰之间

震颤

遗 嘱

2

我小心写下
一行行
黑色的字迹

有多少人
在这个
夜晚死去

有多少星辰
在这片
夜空上升

3

病 历

第一页
被打开的
是流水的姓名

第二页
被打开的
是高山的年龄

第三页
被打开的
是大地的住址

第四页
让我无法合上
在体内
滚滚朝前的故乡

原载于《滇池》2022 年第 7 期

1

影子

它是光的一部分
替光吸走黑色
——墨色沉沉是它

他们站在光里
不透明的部分托付给它
它收藏他们的秘密
——面目模糊是它

它抽象，没有可供把握的肉身
它具体，委身于他们细节繁多的宫殿
它简单，他们消失它便消失
它复杂，他们的不可见它全部看见

它是流水的部分，拥有柔软与柔软的分体
也曾是风，在大地上自由飞翔
它随月亮长大，见证皎洁消亡的过程
他们出生与死去时有它
争吵的缝隙里也有它
它被剥夺了形体，万物是它

世界有它
唯它没有

麻 雀

2

白小云作品

想起那年冬日午后
麻雀们在院子的砖缝里觅食

她站起来，它们惊慌地飞起
她坐下，它们重又聚拢、专注寻找
收拾院子时，她前进，它们便后退
她后退，它们便前进
它们安闲撒落在她四周，像围着一棵会走路的树
一米近的信任让她感动
一米远的怀疑让她心疼

如今她在城市寻找栖身的屋檐
飞过一间又一间
当他们伸手，像要将她揽住，她便飞走
当他们退回，她又上前
她能给的信任和怀疑，也是一米

原载于微信公众号"诗探索"2022年9月

樟树下

在我清早上班的路上
翠锦路和桃源街交叉的西南角
一排樟树站在彼此的绿荫里

我判断不出树的年龄，树下的
老人也不确定。他们习惯于
在晴好的早晨，从金星社区
缓步至旧日的村口，在儿时玩伴身旁
坐下，用方言插叙家常时事

寻常时，樟树与老人相互听不见
直到凉风寄来落叶和死讯，他们起身
为火化的时光送行：他们站在彼此的
身影前，熟练而缓慢地鞠躬

早春，与蜗牛散步

2

北鱼作品

慢的信徒，翻越软泥褶皱
在春草的嫩绿腰身，研习更慢

算算，它曾以相同的步频，从深夜
走出来，是什么，将重力从壳上取下

森林公园山路微倾，我在大口喘气
在蜗牛的观察里，稍作休息

我制造的暖风，是求教的试问
如果我降速登至山顶，它捕捉到

露水折射的光，请问，时间能否
将一生计算得更长

原载于微信公众号"十月杂志"2022年6月

数据中心

曹僧作品

陪伴你坐着，在数据中心
星星闪烁，山仿佛山的样子
水却是水的凶猛和永逝
相伴，不一定是肩并肩的距离
你动动手指来到大厨近前
看美如何降为几块食材
我眨眨眼，成为监控摄像头
惊悚着速度如何集锦为人祸
我们各有自由移动的栖所
黄昏吹海风，醒来在冰川
但头顶，不必太耐心就能听见
总有不断的飞行器在巡逻
我们知道，它们其实也在听
听欲望的鼓击，听情感的珠算
听这么多悲欢、这么多泛滥
在芯片迷宫里住着一个无名
人格缺陷者，多像黑洞
陪伴你，也许只是共在之想象
用我的电，和你的电相连
就像拇指猴攀在摇摇的草茎上
尽管望洋兴叹，又疲软厌倦

原载于《诗林》2022 年第 3 期

1

粉笔的造雪机

顺着脚印去找一个人？春天，
一定会在前方阻断你。
顺着鸽子的焰火坠落？雪，也许会
替你拆除语言的栅栏——
湖面在告别，屋脊在归隐，
毛竹有沉重的肉身。

风，越来越具体，而风景
变得抽象。这个时候，适合做古人。
月光均匀、冷冽，车辙
画着平行线。从一开始，就不该
走进雪的迷宫。从一开始，
就不该怀念粉笔的造雪机。

挖走，埋在雪地的菠菜。铲去，
下了十年的雪。"那雪正下得紧。"
多少次梦里，你还在课堂上
讲解这个"紧"字。
天地宁谧，万物屏息。讲台上，
落了层静静的细雪。

陈巨飞作品

秋风起，蟋蟀祸起于一场宫斗剧。
我在一本旧书中找到它，
那个笔名叫"促织"的，是不是
一直藏在分针细长的脚里，
给自己织一件隐身衣？"唧唧，
唧唧，这人世的欢腾还应继续。"

有人在我的耳边给遥远的地方
发一封电报：接电速回。
池塘把月亮复制下来，清风
却不知道自己该去哪儿。"唧唧，
唧唧，如果粘贴在玻璃上，
它将失去自我，成为一个影子。"

夜晚多漫长。火车哐当一声驶过，
像陨石落进水面，从而收获
更多的光芒。这种经历不值得
被讲述，这种声音不属于
精致的笼子。"唧唧，唧唧，
草丛足矣，喉咙里有自我的索引。"

原载于诗集《湖水》（太白文艺出版社，2022 年 11 月出版）

在伊犁吹冷风的男人

——给父亲大人

1

从四川绵阳拨号到新疆伊犁

我找那个正在吹冷风的男人

现在我有足够多的爱意去爱这个瘦小的男人

这个破裂自己悲喜　远走他乡的男人

这个给我完整　予我生活意义的男人

这个从小到大甚少陪我的男人

现在还是站在他乡的高大建筑物前　吹

冷风　逗不落的太阳

数据是他的胡须茬　粗毛孔

安全帽是他的妻子　儿女

汗水　灰尘　挖机　货车　吊车构成他希望的盐碱地

他一生都在占领　丢弃　远离

让我曾一度厌恶远方这流沙样的词汇

对于他
我从小就爱得稀薄
像伊犁此时昼长夜短　冷热失衡的变态天
直到有一晚
我在梦里看见他的白发　脱发向我走来
说这些年他给我的父爱并不冷峻缺失

原载于《自贡作家》2022 年第 1 期

迷 雾
——给女儿

雾色弥漫山林。悲伤的人
在水边清洗双手。蝉鸣
无物。桥上的游客带来了笑声
孩子，炊烟源自半山人家，石上青苔
暂做了蘑菇的小伙伴
蝴蝶穿过竹林，在花间安歇
雨，正驾云而来

是你将我引向了山谷，孩子
我敞开怀抱，草木蜂拥而至
从前的光影，欲借流水逃逸：它们
皆由你构成，在记忆里打下结扣——
你为鲜嫩的猫草浇水，哼唱独创的歌谣：
小小一片草，种给小猫猫……
在小黑板上画画，写下真挚的献词：
我爱你，爸爸！
心爱的玩具坏掉，你捧着它哭了又哭；
傍晚坐在窗前静听风雨……

薄雾散去，归隐之心消弭于敬畏
我多想告诉你，每次电话里传来你稚嫩的声音
快乐都有增无减
倘若雨是信物，让它在此刻落下
青山为证：我爱你的方式只有一种
以父之名，自私而盛大

花影鸟声葬在镜中。采菊投杯中，携酒与你
共醉。月色是林中一杯小小的寂寞，难以下咽

击筑行歌的年代去了。麦子不在梦中复活
炼金术士制造的雨细风轻。古人也薄情
而你要记得中原，重阳时候折一枝茱萸遥念

冷淡的只是秋天。秋花还待人摘。镜中人
你我各是一半。乡愁终是一条河流，静深流远
你能否回来？

我设想，多年后我将害怕敲门声，夜晚唤醒
枕边人，告诉她窗外的雨帘遮住了钟声

原载于《诗歌月刊》2022 年第 12 期

鞭挞

1

需要人世一块坚硬的石头
来砸开我们冰冷的脸部
也需要一根枯萎的绳索
套牢自己也说不清的东西
而脖子上，或许悬挂着我们
在平时看不见的刀
它们明晃晃地亮出锋刃
把日子砍出一滴滴鲜血
我们努力在人世走着，力图
把晦涩的阴影面积无限缩小
力求把最后的力气使尽，把不确定的
来生及所谓意义退还回去
——这是人世的祈求
也是鞭挞的另一种方式
我们无法回避，也不能回避掉
数不清的无数个自己和他人

2

思 念

董洪良作品

这思念，显得太沉重了

他在暗夜里点燃香烟

一支接着一支，仿佛无休无止

直到他把手伸向自己的肋骨

并抱紧属于自己的身体

他才用力地回到现实

而意图似乎特别明显

他失神地望着那张黑白分明的照片

试图把夜和日子点亮

他不顾一切，拼尽全力

亦属徒劳。此刻，他真的无法

捡拾起那堆灰色

更加捡拾不起那个人体内

206 块骨头埋着的忧伤

你看看他搂抱自己的姿态

便是最贴近心脏的那块

原载于《诗林》2022 年第 4 期

松 弛

从一张照片，看到我的颚已然松弛
吞吃，空气里的骨头粉碎
我从来就不是一个女人

颚骨突兀，牙关咬紧
难以消化的午餐：一碗辣椒拌荞麦面皮
此刻，我的微笑难以捕捉

因松弛，扇贝逃生失败于滩涂上
苹果烂进泥里，锦江乐园正播放老电影

你好。人不在照片里，我不存在

原载于《诗歌月刊》2022年第3期

1

海滨晨曲

光的北部，是槟榔叶漏下九个太阳
圣女果，沿着红色的小径
——在这山坡啊，在这光的心房
我要饲养一万亩的波澜

如果更北的水域，有人听到瓦砾的声响
我笼中的蟋蟀就要飞离
一个偏僻的夜晚，一点点光的凝结
正在醒来的村子
露水清洁着它的额头

谷物被挑着，桥的背脊汗淋淋
旱地上的蚱蜢跃进黎明
我要借更多的光，生火
——这时候，有人在远处撒种
我们一起抬起脸，看见了日出

回旋曲

2

我们怎样和过去的人交谈？
又一个春天，鼠曲草发出嫩芽
它的花是一种接近睡眠的暖黄色
睡眠让人练习与记忆和解
抽出一朵花或一片花，在睡梦中并无太大区别
而描述是艰难的，尤其当人们意识到在海上漂流
为了返航，要克服巨浪导致的晕船

过去的人怎样和我们交谈？
重新开始的季节都要付出加倍的忍耐
蛇蜕下皮，不干净的鳞片呵
也要尽力铺展

偶尔，我们会做一些平日里想不起的事
动身去一个陌生之地或学习一门冷僻的手艺
寄望我们的儿女成人不用模仿我们
即使我们知道希望渺茫：
如果人们还爱着过去，就永远学不会和它交谈

原载于《广州文艺》2022年第1期

橡皮鸭子

一只黄色的橡皮鸭子
涂红的嘴巴已经掉漆
这形象似乎来源于某一部动画片
在二十世纪八十年代我并没有意识到

我将其视作是一生中最初的伙伴
在木制和竹制玩具的环境里
它显而易见是一种特殊
成为极其少见的，可以"活过来"的那种

用手握住，轻轻挤压
橡皮鸭子便会发出声音
和普通的鸭子不同，这更像嘶鸣
来自一种时常出现在田野中的鸟类

像是白鹭，那尖锐而又悠长的一声
从它被压扁的腹腔之中
做一次弹射，迅速鼓起来，而后
发出叫声，是我童年对话的一种形式

这是一个原因，我将其放入水渠之中
在一个涨水的日子
顺着水流，它将去往外埠港
在中途，它被一些落入水中的树枝阻拦

一群鸭子游过它的身边
没有体会这种困境（在它们看来并不算）
我为它做出的最后努力
用一根长长的，长长的竹竿

疏通了航道，使它得以继续前行
在加速的水流之中
这一点小小的黄色很快看不见了
我撑着竹竿，确信它会比鸭群游得更远

原载于《江南诗》2022 年第 1 期

1

给女儿打电话

甫跃成作品

她不说什么，但也不让我挂断。
只要确定我在身边，就很好。
她知道，爸爸有份神奇的工作。
爸爸动不动就钻进妈妈手机里去，
整整几个月，抓也抓不着，
抠也抠不出。铃声每天准时响起
反复证明，他还躲在里面。

这时她就抢走妈妈的手机，
然后率领着它，做任何事。
她说爸爸去哪儿了？说的不是
我去哪儿了，而是手机找不着了。
她说爸爸，咱们一起荡秋千吧。
可以想象，手机在空中飘来飘去。
她抱着手机去找妈妈，滑了一跤。
隔着听筒，我听见手机
摔在地上，像一个牌位摔在地上。

她喊：爸爸！爸爸！
——哦，虚惊一场。手机没坏，
爸爸的声音还在。

她说：没事没事，我已经爬起来了。
看来这次有事的，倒是手机。
里面那人，竟被摔得满眼泪花。

爷爷的蜘蛛

甫跃成作品

一只蜘蛛从天而降，
沿着果盘边缘，爬到了地瓜干上。
这天是七月十五，我跟着爷爷祭祀，
在天地国亲师的牌位下磕头。

"有蜘蛛！"我磕完第一个头，
抬起眼，发现它停在两根香蕉之间，
就一个箭步冲上去，提起香蕉，
将它抖落在地，然后迅速补上一脚。

"小挨刀的！"爷爷想制止我，
但只骂了这么一句。蜘蛛
早已在地上摊成一片。

我以为我干了一件好事，替祖宗们
护住了他们的供品。
但是爷爷说，那只蜘蛛
兴许就是祖宗的化身。祖宗们
不愿让我们瞧见，所以变成蜘蛛
来探望我们。

二十多年过去了，每年七月，
我总会想起那两个没有磕完的头，
想起爷爷，想着他也变成一只蜘蛛
降落到我的面前。

原载于微信公众号"诗探索"2022年9月

1

坐在门槛上的农妇

天气好的时候，农妇坐在门槛上
晒太阳。右手贴着大腿棉裤，
左手握紧一根拐棍，
眼睛闭合，两脚各撇向外侧。

门框旁边是一冬捡来的柴火垛，
树枝、树叶、树根、杂草的茎，
和她硬邦邦的沾有泥土的青色棉鞋，
一起分享太阳的热量。

还没人打这经过，她一动不动
镶在半开的木门中间。门后是开阔的
庭院：水缸、大铝盆、压井、晾衣绳、
石磙、簸箕和一棵黑色的花椒树。

她在想些什么。面前的菜园地里，
萝卜缨子绿得发黑，大白菜已用
塑料薄膜覆盖。同样的门槛，
她同样的坐姿，和刚才没有太大的变化。

她的影子在斜后面移动，仿佛在修正
敏感之人的投射——所有可能的误解
附着在她不理解的语词里。她还会
在门槛上坐很久，关注她所能见的生活。

原载于《诗刊》（下半月刊）2022 年第 9 期

2

火车上

离开家到陌生的城市，一切都是未知。
在火车上，我观看那些乘客的面孔
好像在家里见到过，又那么生疏。
到一站换上一站的乘客
他们聊走南闯北的经历，在粗粝的话语中
突然变成曾经我认识的某个人。
我想起家人的叮嘱，安静地坐在那里
在火车进入山洞之前不时地望向窗外
好像出了山洞，我就是另外一个人。
我随身带了一本刘易斯的《大街》
翻看几页又放进书包，在人群中
我感到过去的时光一下子从身上流走
好像做了一段饱满的梦。
不知何处，某人开始播报列车即将进站
人们开始收拾行李：拉箱子、背书包
提被子，排成一排
我跟在后面，等待什么将会发生。

原载于《青春》2022 年第 7 期

秋天，大地空旷而寂寥

1

秋天，大地空旷而寂寥，深山里
有我静悄悄的村庄，农夫背靠粮仓坐着，默念
迟迟未归的行人
林木上方，滑过大雁的铜号

这时节，我爱踩着噗噗作响的落叶
爬到山梁上，看山脚下低矮的瓦房
在无边的秋色里，缓缓飘动着炊烟
看一个拇指大的人，走过石桥

群山汹涌，一重重山，像一道道铁箍
箍着，农人疲惫的腰
翻山，是山里人命中注定的
命中注定的还有，我不能像大雁一样飞走

撩人的秋天呀，我坐在这里
看秋风扬起枯草，雀鸟惊飞
看一条皮绳般的山路，扔下村庄，扔下我
于丛莽间，逶迤而去

原载于《北京文学》2022年第11期

谷语作品

风过秋山

风过秋山，林间线条疏朗
天空的蔚蓝下，布满梦幻的色彩
草木的缤纷和零落，充满象征和隐喻

一座山的迟暮，披上惊艳的落霞

小径像根橡皮筋，勒着一丛灌木林
被秋风修剪过的枝条
内心的平仄呼应时光的律动

一丛芨芨草举着小小的呼啸，在风中摇晃
它用白描手法在黄昏里写意

它用白描手法，勾勒一枚月亮
如圆圆的纽扣，缀于星空的睡袍
风过秋林，飘过村庄的落叶带着繁霜和人语

原载于《草地》2022 年第 1 期

谷语作品

云泥

当讨论移植和水培的可能性
你再次命悬一线
（一片断了的叶子走漏了风声）
关心成为恐吓

原本不需要瓷器的陪衬
然也要先保住性命
（你没有掷杯的勇气）
默默地
包扎一个受伤的年份

其次是队列
他们说的云和泥
本就是不同的材质
（蠢蠢欲动的烟嗓）

在商场里买椟还珠
那珠子必然是纪念品
（我们不醉不休）

原载于《扬子江诗刊》2022年第3期

1

空杯子

雨滴声穿过窗户

我正在书桌前读一封往日的书信——

发黄的纸张，模糊的笔迹

都在证明着时间的

严刑逼供。很多事我们试图铭记

但已经像一些路人

消失在过去的某个路口

不再有相遇的可能。记得多年之前

我曾经告诉你

短暂才是一切事物的共同命运

你那时候固执得像执意拨乱你鬓角的风

时隔多年，说过的话

多已经

失去了原来的意义

而我们像两只相互碰撞的空杯子

碎过，但还勉强保持着各自的轮廓

2

有一刻

我需要更安静一点，才能分清雨珠击打不同物体
发出的声音。秋风捆绑着鸟鸣
从窗子口押送过来
长久的声响，让人感受到顺从
窗子外大约是两亩菜园，雨水中
小葱露出尖锐的内心
菠菜穿着一身宽大的袍子
为蚂蚁和蚯蚓遮阴。屋子里开水壶冒着热气
我转身回到书桌前
播放一部电影，开始怜悯小人物的孤独

原载于微信公众号"望他山"2022年11月

看电影《天气之子》

我回到十五岁，这似乎
没什么难的，我选了一个
舒服的姿势，和邻座的
高中生一样半躺在座位上
干净的目光如雨水般
冲刷着屏幕，放映厅外的一切
仿佛再与我无关，现在
我只关注雨如何滂沱地
注入人们的生活，它
用力捶打着少年，我没有
奋力冲向阳台祈求爱人回来的
十五岁，那时的我只有
一双惊恐的眼睛，我经常掐自己
以便快点从那个阴郁的梦里
醒来，在大雨滂沱
之前

原载于《星星·诗歌原创》2022 年第 5 期

1

秋风，把古城一分为二

跨过长安路，我们在今夜
抵达秋天。云朵舒展羽翼，带着
时光飞翔，飞过钟鼓楼，影子化作
飞鸟，背靠龙首原，一点一点
啄食汉唐的星光。秦时明月
还在宫阙殿宇间流连忘返

秋风一吹，就把古城一分为二
一半在史书上，藏起锦心绣口
一半在人心里，诉说盛世繁华
这一片旧江山，多少帝王
在我们脚下睡成白骨，蟒袍玉带
在故国风雨飘摇里腐朽
才子佳人们飘然而去，剩下
满城的秦砖汉瓦，苔痕
绿了又黄，燕子来了又去

今天，尘世间的每一滴水
都在努力爬上南山
伴林中高士盘坐云端。一朝得道
便是清风一缕在八百里秦川来回游荡
经过曲江池，把诗词歌赋吹得落叶纷飞
水底的鱼，按照我情绪波动的节律游弋
游过中秋，就被雁阵截断去路
这个时候，夕阳的长胡须总是挂满了
相思。一枚银杏叶落向掌心
爱情的一抹亮色，刚好
用来修饰这人间晚晴

原载于《绿风》2022 年第 3 期

磨 盘

怀念那间有火炉的小屋子

里面住着几张满是褶皱的瘦脸

青苔切割的磨盘和祖母一样，熟悉作物的用途

碾黄豆点豆花，磨玉米烙粑粑

剥掉稻谷的黄色外壳

投入年轻的骨头、血肉

磨成对抗贫瘠的针

劳作、生育也是两块磨石

流出一堆更加木讷的孩子

我的祖母，一生都在水边磨命

最后，成为一块

安静而又平整的石头

灿烂的家人们

2

首先在黄昏中接受熏陶，镀上金身的是
我的祖父。他仍不听劝告，端着碗，饮酒
于是我看到高耸的云杉
就想起楼梯下悬置的棺材
两者都足以承载他的肉身
地里，夕阳正拨开种子的硬壳
祖母脱下暮色长袍，带着决绝
从山的另一边归来，青冈树
如利剑，鸟巢、躺椅、菊花茶
用心虚构父亲不变的晚年
儿时的英雄已经彻底败给了黄昏
迫切需要长久的休息，以便饮下最后的余晖
羊群从河滩回来，我承认
不止一次，生出从他手里接过鞭子的冲动

一场急促的雨，填满阳沟和植物种子
黄褐斑、白头发、鱼皱纹构成一个母亲
她的叮嘱在冲刷下模糊，化为芦苇般的柔软
使我不敢反驳，做完春天的第一场梦
妹妹戴着红领巾，推开了门的慌张

原载于《星星·诗歌原创》2022年第9期

1

迷乱的线团

知微撅着小屁股
趴在地板上，她在画画
这是鱼，这是大象，她说。
纸上有一堆线团
我看了一小会儿，想从中
找到一点鱼和大象的影子。
在哪儿呢，我说
——就这里呀。
呃……我确实没有
我为我没有看到鱼和大象
感到惭愧。
有时她告诉我
这是云、小鸟，甚至是小猪佩奇
然后发出"哼哼"的鼻音
这像极了的鼻音
也佐证着我的无知无趣。
云的聚散，鸟的飞行
都在那团乱麻中了
我却什么也看不见
我带着那形象、那界限、那因果的重负。
但没有任何框框去框住她画的
一切仍是混沌，带着它
无尽的可能
盘踞在这乱麻般的线团中。

2

河畔饮茶

雨轻叩着木窗
我们品茶，在舒羽咖啡

一个过度悠闲的午后
听着雨落在树叶，屋顶

和这一侧的运河
那种节奏，是可以追远的历史

隋炀帝征用万民，在落日的阴影中
损毁了王朝的根基

运河却历经百代而自新
繁盛于唐宋，疏通于明清

今天，梅雨时节的河水拍着
重修的堤岸

不知名的花木清香
次第来到我落座的窗前

原载于微信公众号"十月杂志"2022年3月

冬 日

1

又一次，我重识了新的冬日。
严寒中，能闻到烟草的气味。
缥缈的影子，透过空气摇晃，
中午，萧瑟，光线洒落在土城。

我还记得童年时的早点铺子，
蒸汽的后面，人群和建筑变形：
弯弯曲曲，然后向着天空飘散，
我明白那并非真实的影像。

但这样的生活常常凝结起来，
像一颗黄色的糖。
下午，街道，淡淡的微风，
某处存在着一个幽暗的地方。

如此繁复，又如此漫长，
穿过落叶，也像是跋山涉水。
旅行者离去了，渐行渐远。
请将一切放回合适的位置。

原载于《诗刊》（上半月刊）2022 年第 4 期

从空中掉落的石头

江小米作品

1

这次，这块石头不再认为自己是被抛掷出去的
它已经有了属于自己的感觉和意志
在脱离那只手的时候
它有了自主挣脱的快乐，它认为
是在追寻自由
它在空中翻动着自己棱角的身体，空气摩擦着每一个面
如果用慢镜头来描述
我们会看到
它闭着眼睛，双手抱着身体，屈膝
一副很享受的样子
在空中划出一条柔和的曲线，类似地球的一截曲线
它缓慢地下落
像所有靠近地球的物体一样，落进地球的怀抱

马

江小米作品

多少年没看到这么多星星了，它们离开了城市
来到山村。没有比这里的天空和水
更清澈的
我们总在寻找更纯净的地方
青草味儿的空气，让人沉醉。
而它就在树下，全身洁白，长鬃毛披挂在两侧
低头吃着草，又抬起头
食物在它嘴里嚼动
我惊异，它毫无预兆地被安排在这里，梦境一般
此时，我是闯入者。我屏住呼吸。
它眼睛那么大，在微光下，我能感觉到它温顺又平静
什么宇宙，什么时间，什么永恒
不需要什么规则
它的世界里，只有纯粹
只需要草。

原载于微信公众号"过程诗学"2022 年 6 月

透明的露珠

这是一个平常的早晨。

和所有的早晨一样，我沿着林边小径，

躲过了所有晨练的人们。

就在即将与公路接壤的地方，

一株牛蒡伸出了它阔大的叶子。

我这才看见，它的掌心

捧着一颗透明的露珠。

我有些惊讶。走过无数遍的路，

今日才发现它的美好之处。

这必然是这个早晨最后的露珠了，

晶莹、剔透，忍着内心的大海，

而且过不了多久它就会消失。

我想我终于明白了牛蒡拦住我的深深用意，

世间的爱不一定都是苦的，

有时候，它也是一场浪漫的赴死。

万有引力

2

父亲，你越来越弯曲的身子，
让我看到了可怕的万有引力。
它揽着你的脖颈，
不停地往下拽。
有时，我甚至听到
骨头在你体内嘎吱作响的声音。
你曾经有过挣扎吗？父亲，
作为在你的树荫下辛苦活着的一代，
父亲，你让我相信，
无数直木
就是这样被扭曲成车轮的。

原载于微信公众号"新诗选刊"2022 年 9 月

1

月光之下，我独自行走
故乡很远，我独自思念
修长的倒影，是我清瘦的时候
而城市里的柏油马路
像是一条丝带，可以通向家乡。
我甚至会想起，跟着月光行走的
童年，在那里，我不停地
追着蝴蝶。庄子，我循着
你的足迹，在塞外高原，追梦。
路灯和月亮一样圆，我跟堂哥
拿着手电筒逮麻雀，那一夜
就像今天一样阴冷。我看着
天空飘过的一朵黑色的云
眼睛突然流下了泪水。
我独自行走在一个人的街道，
唱歌，回声就像麦田里鸣叫的雪。

黄昏将至

奔涌的河流，别来无恙
历史的影子，在水面浮动
每一条波纹，都将写尽沧桑与浮华
落日得了健忘症，在山的西头
不断地拆解自己的光
于是，黄昏的传统，便保留了下来。
古老的榆树皮上，经年累月的风
漫卷着黄沙，画出一幅山水沉默图。
如今，我热爱这时间荒谬
把过去的事物，全都放进木舟
漂浮于俗世之上。我看见一个人
站在山岗上，那是我的兄弟，他
比太阳略小一点儿，张开的双臂
相当于巨大的鹰翅，只要稍微
一摆动，未来的高天，或许会无比壮阔。
一切似乎又消失了，而我
还杵在原地，看黄昏将至。

原载于《芒种》2022年第2期

无糖气泡水

不管是否被选中，它都
微甜、清香、独立，不取悦

它几乎具有当代女性对
自己完整的理解
却不带有偏见和刻意
当然，权力意识也是没有的
开心时，也只是自顾自地冒泡泡

你可以永远相信一瓶无糖气泡水
像女性，偶尔放肆
却始终拥有清澈的身体

原载于《诗林》2022 年第 6 期

【L
I
N】

桔梗花

像掉落在草丛里的星辰

那些闪烁着蓝色光芒的花朵

走近，停下来

就将它的蓝在视野里放大

成为远处的海水

可以容纳更多想象的空间

蓝色星球

几年前，我也曾

这样观察过其他的花朵

比如鸢尾和三角梅

把许多过去的日常放到一朵花的花心

香气裹挟着记忆

是局限趋于禁锢

秘密的保守

黄昏来得静悄悄的

早晨的露珠已经无声无息地

消失在花瓣的边缘，而花丛旁边

低矮的灌木，记录着这一切

原载于《诗刊》（下半月刊）2022 年第 3 期

青衣戏

1

青衣到了青衣江，一场戏才算完
只有到了江水边，他才恢复了男儿身

青衣江几无泥沙，所以沉默
所以把说话的时间都让给他
水袖汇入江水，他轻轻一摇
水听他说话，鱼也游上来，听他说话

他说秘密或悲喜
鱼都一动不动，都只吐泡泡
他说那么多，江水都只往前流

无岸无涯里，那么多人忙着改嘴色
他是在一步一步卸妆
柔媚之下，都是或凸或凹的骨头

三人行

三弦声起，那英雄甩袖提刀
越过门廊一路直行
烛火微动，那美人在夜光里弹古琴
一声断一声续

"又大又甜的橘子，快来买！"
这是第三人的声音，在戏外
那个"买"字拖长了发音，拐着调调
转了多个弯，终于抵达了甜

第一人和第二人听到了
他们学不来那样的声腔与音调
那是经历择土移植、抹芽放梢、摘心疏剪、
陷落又抬起的动静
他们沉溺在戏中
"那英雄啊，他们是错了一路！"*
"美人啊，你是一路的错啊！"

原载于《广西文学》2022 年第 3 期

---

* 为电影对白。

1

风
声

风只会在路上
在乡下老家
有时候风会吼整整一晚
我们使劲地用一根棍子顶住门
风会吹来什么
拍打着门，让人害怕
我就开始哭
我的哭声和风声一样大
奶奶说，不要哭，风会抓小孩
风会抓烂你的嘴
风会拿走你的新衣服
风会吹走你漂亮的花头巾
于是我不敢再哭了
风声突然不见了
奶奶说，你看看，风真的
也喜欢乖小孩

雨 水

写过很多雨，和雨声

雨就一直有选择地为我下，下在我心里

写过很多雨和雨声

却从来不知道雨在落下来的那一刻

有多绝望

落下来，雨就没有了雨的样子

雨就是水和水声

雨为我省去了

好多抬头的瞬间，因为雨，我只想看着

大地上泛起来的泡泡

有时候，雨在地上流成一股小溪

在河里流

和流在我脸上是一样的

原载《星星·诗歌原创》2022 年第 3 期

青睐者之歌

1

黄昏后，太阳在沉沉的云里假寐
一只飞过圆冠榆的麻雀停滞树梢
看到地上，它的影子
像杈枝包围中的树叶模样

恋人们，在秋的果实中扔下一身疲惫
迈步走向篝火
灯火照亮他们的脸庞
她顺着风来的方向，坐下

希望如此的我们是两朵娇羞的玫瑰
在池塘边
睁大圆圆的眼睛看到夜晚的星星
露出月光蓝色的温柔

我们想起白夜翻跟头的鸽群
它们带着幽深的古希伯来眼睛
大地上，我们流浪夜空的影子，漂浮水面
也愿意享受这热烈而单纯的礼赞

原载于《绿风》2022 年第 1 期

冥想录

李凯作品

当回忆写得过于葱茏，日历也会因
失血过多，而在晴天抛锚
三月，野百合已代替痴情汉完成破冰典礼
那拉提的雪山就要醒了！
为心上人歌唱或许是对世俗烦恼的挤对
如果可以，我愿从可可托海开通一条航线
然后将牧羊人悄悄积攒的眼泪护送至此
我收拢的目光始终与那排云杉保持距离
仿佛旧日的冻疮再也经不住痉挛的狂笑
枯枝砸肩，晚霞红得恰如其分
落日的顿首，托付于一尊镶鼎：陈旧而孤独
请善待坦诚吧！草原足够容得下鸟群
从哈萨克毡房取出冬不拉，听觉渐渐干透
活在舒坦的京华梦中，哪怕仅仅一刹那

原载于《诗林》2022 年第 4 期

半个月亮

1

我只有半个月亮
左边的月亮已离开了右边的
我因此而悲伤

我已经忘了左边的月亮光的温度
我听到右边的月亮
深夜轻声的哭泣
我因此不敢悲伤

我只有半个月亮
可我喜欢圆圆的一整个月亮

躺在圆圆的月亮下
我闭上眼睛，爸爸在我的左边
而妈妈在我的右边

我只剩下了半个月亮

原载于《诗刊》（下半月刊）2022 年第 8 期

李看作品

1

居民

李商雨作品

上午的天色有点灰
这是一种令人放松的亚麻灰
配上四周的绿树、清风、鸟语
身体变得空了
透明的感觉让人获得自由

此刻，我正走在一段干净的砖路上
这段砖路也因此是透明的
透明得像空无一物
一只猫走在前面
它似乎也感受到此刻的透明
轻柔的动作，像是走在云端

当我与它并齐走的时候
我得以从侧面看它一眼
它在透明中自有一种威仪
它是一只剑齿虎，走在荒无人迹的林边
而不是走在上午的小区里
但无疑，我们都是小区的居民
也是人世的居民

雪
珠

2

如果这时有人给你写信
或者你在给那个人写信
那无疑是快乐的事
此刻，屋里的光线是暗淡的
而灯火是昏黄的

那一年比往年偏冷
你记挂着一件事，给一个人写信
或者对方也正在给你写信
你想象那人的屋里
有昏昏灯火渲染的安静
那本来白皙的脸
变成了低调黄

雪珠跳落在窗前的搪瓷脸盆里
仿佛来自一颗光明的心

原载于《星星·诗歌原创》2022年第2期

闷 钟

1

他的声音
从岗坡对面的河沟里传来。
那个从前说话像吵架，
后来寡言的男人。
现在，他一个人，在对面干涸的河沟里
和影子说话。阳光照
在他和一头被骗过的牛身上，
他们再也不会因为一把口粮而动怒。

2

落差

她发来位置信息，
在来时的高铁上。
而他正在地里抖花生。
因连日暴雨，花生团成泥团。
生活从来不缺少苦难与偏见。
就像此刻她眼中的石漫滩大坝，
闪烁着星星和渔火，
就像他说：杏子熟了，
她在杏仁里。

原载于《诗刊》（上半月刊）2022 年第 7 期

橙 色

穿过隧道开往小镇的大巴车是红色的

车轮充斥觉悟者的感念掠过一汪浊水

抛射出的教义投喂游荡且迷离的你的眼神

从篝火堆打捞出的画笔，头部还在燃烧

像你接过玫瑰的右手托着抒情的晶体

沿楼梯、阳台、天台上升……

风险，裂变成围绕枝头的螫针

随时准备蛰破花装，描绘一幅裸体素描

我们后来登上一座在陆地倒扣的船，一个丘陵

它像我们身为渔民的父辈，趴在岸上的样子

很多年前的他们和今天的我们一样

在实物与倒影巨大的豁口处、伸出的舌头上宿夜

乞讨粮食和语言，在自然的咽肌蠕动之前

在圈地之前和温驯的食草性动物相拥

用你曾经剥开橙子的双手

——它曾抚摸过我，很温柔，像要试探肌肤的温度计

也扶过楼梯。在太阳上升之前请紧握拳头

一朵开在头顶的金菊将带来高温预警

原载于《扬子江诗刊》2022年第3期

松 鼠

很可能，一只突然从混乱的枝丫
蹿出的松鼠，是在教会我们
如何度过这一生。它甩动着长尾巴，
小脑袋左右来回地快速摆动，
警觉地查看着四周。
在可能的危险里，它在找寻
一生中那些闪亮的珍贵之物。
是一枚松果，或者另一只松鼠的爱。
那灵魂的爱，让阳光炽烈得像一个盒子。
你看松柏上的那些黑色阴影在闪动，
我站在坡地的一处草坪，
等待着一个永远不会发生的奇迹。
那只松鼠，在一生中的
某个微小时刻，察觉到一个异物
在感知着它。你不曾打开的那个盒子，
正发出钟表般的机械声，
像一种指令，两个相安无事的形体
就这样闯入彼此的生命。

我观察着松鼠，一点点消失在
那片密林里。亲爱的，那是奇迹吗？
我沿着松鼠消失的方向，
找到了你递给我的从我身上走丢的肋骨，
那枚在阳光下耀眼的锁扣。

原载于微信公众号"望他山"2022年10月

在夜晚，纸鹤自己飞了起来。
它看着练琴的孩子，想着如何
把技艺传递给他。

一种祷告，它抚摸着琴弦
和孩子的手，那古老的蓝调，
像一段沾着植物香气的麻布。

孩子并没有察觉到什么，
继续训练着——把一首曲子
弹得能让一只纸鹤
从桌沿的笔筒旁飞起来。

他的父亲在一旁，思索着
如何在写作中，恢复那逻辑的
平静，比如一只纸鹤飞了起来
能给世界带来什么。

他凝神地望着：那只想象的纸鹤
围着花瓶和书籍飞舞，
一定是触及了什么
可以被反复确认的声音。

原载于《诗刊》（下半月刊）2022 年第 4 期

在纸上

写字的声音弄脏了
你需要洗一洗
用清晨的雪片洗一洗
或者用枇杷树撒下的花瓣洗一洗

写字的声音弄皱了
赶紧把它熨平
选一块湖面上新结的薄冰
或者搬悬崖上鹞鹰驻足过的花岗石

然后写字的声音依旧是晶亮的
依旧是清澈的
玲珑悦耳像只金色铃铛
一大群小孩跑进去找到了魔法衣

2 月亮上的写字本

怪蜥蜥在本子上写——
最美不过弯弯的河流
一条河连夜穿越了沙漠
本子少了一页

熊扑扑在本子上写——
木桶里要有吃不完的蜂蜜
一大群蜜蜂翻滚而来
本子又少了一页

银松鼠在本子上写——
我要统领一个庞大的帝国
城堡和街市拔地而起
本子直接就少了三页

与此同时，数不清的海盗、
医生、银行家、摊贩、农夫……
眼睛里充斥着渴望
正在满世界寻找这个本子

豁牙兔在本子上写——
亲爱的本子，请休息休息
你应该先藏到月亮上
它眼前立即泛起耀眼的白光

原载于《鸭绿江》2022 年第 10 期

1

妈妈的讲述

隆鸾舞作品

怀着我时她想去养老院
替我外公物色
一个房间
当时我们站在家门口
等待出发

她双手轻轻拍我，隔着肚皮
讲述时问我有没有记忆
关于那个艰难的抉择
一个单亲妈妈
肩上还背一个大大的帆布包
总是如此，她一个人
不停地置办和忙碌，在我和她
都没有兄弟姐妹的年代

等待时她旁边那位老者
一直扯她的帆布包
问妈妈，总是一个人吗？
陌生的姑娘，你一定很辛苦？

她无奈点头回应
这位认知退回孩童
忘记一切的提问者，我的外公
被我妈妈留下，成为我的兄弟

此后每天他陪我玩耍，把球抛到天空
一度触摸到太阳、群星，高飞的大鸟
最后带回些什么
落在我手上
当多年后我也和妈妈站在家门口
等待出发时

2

非神话

我在楼上打开窗

看着你的丈夫

跟在你后面上楼梯

我有一天经过，知道他在读

那个著名的推石头的故事

他不越过你，也不看你膝盖以下的空

他甚至悄悄的，都没有什么声响

他推着你往上走的那股力量无形无色

只是他青筋暴出

我研究他这么多年，不知道他在想什么

我关上窗下楼

你已经往下，在楼梯上

挪动

那不是一颗石头的滚动

更像心的跳动

我不越过你，也不看你膝盖以下的空

你丈夫在你们的房子前炒菜

我经过，他知道我在读那个著名的

推石头的故事

原载于《扬子江诗刊》2022 年第 6 期

1

上海记

印满枫叶的街道，湿漉漉的
陌生的静安区。延长路
高大的枫树，它们密集的枝丫规划着天空
门窗紧闭的店铺，没有一双
适合我的鞋子。我拖着行李箱
穿过地铁站，听见轮子的咕噜声和雨声
混在一起，并没有特别的意义
也从未有某个特别的人出现在这里
我只记住了那个傍晚
那从玻璃门后透出的暖黄色灯光
和空中不安的交织的雨线
像某种命运附加在我的一生中

幸好

2

"你随便说吧，我什么都干过。"

雷蒙德·卡佛，一个普通人

他那双粗糙的手

在阳光下挥舞

并没有被锯木厂的利刃锯断

他来到停车场

在发出霉味的仓库里

搬运，清洗

得到食物和钱

这之后，他回到那个租来的屋子

在餐桌上铺开发黄的稿纸

——哦，谢天谢地，幸好他没有放弃诗

3

经过戒毒所

黑色的电缆

缠绕在两根电线杆之间

凌乱，毫无规则

像孩子画在空中的线条

作为一个有强迫症的人

每次经过，心里都会生出一块橡皮

想要修正我们认为的不正确

但是否可以戒掉世界的虚幻？

时间的雨滴，悬在电线上

映照着尘世

有人仰头站在那儿

只是为了等雨滴落下来

原载于微信公众号"民间短诗"2022 年 4 月

1 故事里有什么

花的王冠消瘦，雨停后
斜阳慢慢弥补。城市一角
重遇许多自然风骚的景致，
在天黑前如此具体。

山坡平地，有电影的画面感。
野草匍匐，瓦片是
废墟之上的理性，如命运
降下许多青绿和熟褐的标记。

偶尔沾染几朵柚子花瓣，
无法言说的曾经，生出残忍
档案；属于诗意的故事，
当今世上少有。正如故事所说，
这就是它深度忧郁化的必然。

原载于微信公众号"第一个人"2022 年 7 月

2

寂静时

连续三天，我梦见了那匹勇敢的白马
它认识我太久，全然无悔屈下身来
它正等我放弃同僚与它追逐风暴——
雨起雪落，通往永恒荒野的路只有一条
而这路在不可思议的万家灯火之下
我不知这是喜剧，还是我梦中的一次召集
我们在城野任意飞奔，像一股狂风
充沛到即使看见最熟的朋友都没能停下
还好在梦中我仍感觉过意不去，我仍面临
一条到不了终点就得收摊的曲折之路
白马年幼，它永不会有我的现实，但怀着
永不归来的精神，它触到了我现实的黄河

原载于微信公众号"杨碧薇 Brier"2022 年 12 月

1

天真的信使

我时常拿着一根羽毛发呆，
它曾经属于具体的身体，
色彩光艳，有着树林间优雅的活力；
此刻，它属于我，
依旧漂亮，却早已忘记了飞翔。
光从玻璃墙的斜面落下，移动的热情、
毛毯和墨水瓶，在空气中静置。
黑色的鸟，白色的鱼，
请允许我让四岁的男孩为你命名；
他还没有认识痛苦，不会杀生，
也没有同情和悲悯。

马拉作品

铁轨和山丘

马拉作品

在空旷的客厅交谈，阴影
遮住书的名字，你在明亮处看它。
妻子和厨房构成平行线，
纠结慌乱的生活。看见了吗？
剪断它，用瓶盖或木塞。

交谈中，铁轨和山丘出于虚构的热爱，
没有它，自由就不能成立；
就像没有女儿，母亲就不能成立。
——我没有说爱情或妻子。
这不是象征，隐喻也无从说起。

仙鹤从纸上飞入庭院，梅花从枝头
跃进泥潭。凡人方可心安理得：
世俗和神圣同义，不过芥子两端。
再也不需要了，任何。语言和爱，
沉默，终将大过言谈。

原载于《星星·诗歌原创》2022年第2期

宿命中的相逢

一个街口，包罗万象
所有驰骋过的意象
汇聚于此
包裹百年藏庄

在高原之上——仰望
一个充满神性的古村落
太阳早已为我指明了方向
作为高原的孩子
顺着脚掌的温度向前
便能找寻古村落的踪迹

宿命中的相逢
早已渗透在血液中
甚至在一草一木中
埋下伏笔
等待从街口走进的书写者
将烈日与昨天写进明天

站立在村口
环视四周
窄小的街口已成为通道
通往昨天与今天
通往今天与明天

彳亍的步伐
早已将疑惑埋下
生于高原，胸怀大地
此时，我该是游子还是探秘者？

2

羊皮筏子

马文秀作品

黄河边，坐满手艺人
他们的双手
在落日下格外精巧
才华隐约在光线中
似乎要挖掘出
一条属于自己的河流

制作羊皮筏子的人
眼里满是生命茂盛的状态
双手藏着破浊浪的决心
他抬头微笑
以爽朗的嗓音
讲述羊皮筏子的历史

划着羊皮筏子的人
用动情的山歌
拼命在黄河的险滩中
凿开了一条路

原载于《作品》2022 年第 10 期

一次散步

1

卖橘子的黑女人
站在桥头
卖橘子，阴天
城管和雨
随时会来
买她一斤橘子
边走边剥
酸甜可口的橘子
让我想写一首诗
散步途中
写几首小诗
买几个
站在乌云下
黑女人的
黄橘子
就是此次散步的
内容

2

重复的生活

又看见白鸟

在河面上飞

它的白翅膀

给我安慰

它们两只

空着肚子

在临近中午时分的

河面上飞

迟迟不肯

落脚，岸边

钓鱼人太多

安慰，渐渐在水面上消失

原载于《太湖》2022 年第 2 期

1

转 译

初夏夜，我从手机里收听
一段从前录制的雨声。
耳道里响起，好像谁曾说过的话，
遥远，已不再清晰。

一阵痉挛的雷声闪过。

没有生命，徒然地发送着信号，
以及信号带来的感觉。
看不见风景和人，仿佛被远远地
流放在潮湿的荒野里。

啮齿动物消失的足印。

沉浸在无可置疑的叹息中，
我们就这样生活。
在失望的平静中按下了
播放键，电流持续而稳定地通过。

那曾是一场真正的雨。

雨中曾有人举起伞，
犹如蓝色和红色的电话亭，
究竟在说着什么 —— 我聆听，
我知道一定有人也这样听我。

原载于《江南诗》2022 年第 2 期

西津湖

湖水用绿柳擦拭花园，堤岸用石子打磨寂静，
绿羽的鸭子淹入草丛，雪白的山峰奇诡多变，
风景换走你体内的鹅卵石，
荔枝叶落进远方庭院，母亲将它归入簸箕。
无名街道上，成群的孩子抓着冰棍跑过，
年迈的积水里游过一只蜘蛛，
没有人谈论命运。
迷宫睡在桉树林，喷泉弄皱潜水镜，
阳光崭新耀眼，唯有你是故人，
用白纸筛词，目击粼光闪烁，大雪落在冰河期。

镜中蝴蝶

梦中食盐过度，杯盏一片蔚蓝，

返身去藕花深处摸蝉鸣。

时间是一列火车，耐心是煤，

记忆写在天空，人群是你自己。

你放过飞蛾和蚂蚁，

你摆动鱼鳍，夜夜游动在夜来香中，

接受词语的凝视，并浣洗指骨上残留的阴影：

在白纸上诚实地写你自己。

在大路镇，在琼海，在海南，

苦楝树恬静如飞船，

升高视线的白鹤拥有雷电的禀赋，

不断编织暴雨，

只是为了让你手持幽暗的灯，在海底行走，

让你在镜中看见蝴蝶——

历史化作歌谣，栖满她的听小骨，

而海风吹着金黄的草帽，日落制造远方的永恒。

原载于《芙蓉》2022年第6期

1

黄昏下的林芝

夕阳西下。所有事物
成为一片金黄的时候，它比镜子真实

深信信仰的人，胸腔里
有万物的倒影
有鸟鸣、尘世和未来。那一道道斑斓
在天空飞翔
在地上沉默
在时间里奔跑……被生命剪裁得
那样生动，一点一点
积攒体内微暗的火，吞吐锋芒

此刻，我向天边走去
佛、鸟、牲畜、植物，也不由转过头去

那样子，仿佛都是好时光

原载于《中华文学》2022 年第 3 期

昨日重现

年微漾作品

我时常回想起十年前
与你初识的夜晚。那些留言、日记
和电话卡
还有夹在金属护身符里的
一张老照片

铁有生锈的惯性
好在我们没有继续陌生下去

在一张信纸里
国家小心翼翼地
辽阔着
像苦楝树，从不轻易以绿
惊散苦命鸳鸯

直到挂掉电话，我们才又重新变回两个省份
夏夜漫长，徒有星光

远山如飞

远山如飞，翼展大于整个尘世
昨日看到的山河，早已不是
现在所看到的。我的惭愧大于留恋
当爱的音节被屡屡送出唇齿
我的心却始终，没能追上这个词

声音先于表情，位置大过关系
这是尘世的秩序
星空中，存在着另一种现场
一部分的星辰
照亮另一部分，它们又反过来
辉耀着地表的一切
夜深了，男人搀扶着家庭
走下城墙；夜深了，有情侣合影
老人平静，是默许了瓮城
给予的安全感。我渴望此时在此地偶遇
一位阔别已久的老友，最终也没有
哪怕早已准备好了对白
哦！每个人都需折返，在无效的
行旅中。他们没能在星光下
找到出路，但已从光亮里获得了安慰

苍穹生生拗弯了自己
我赞美它扭曲的身体，足以包容
所有发光的生命、命运、爱和恨、得到与失去

原载于微信公众号"突围诗社"2022年1月

1

朱鹮

朱鹮的出现

是凡俗生活的一种惊喜及洞穿

多少人穷尽一生

想要抵达朱鹮一样的人生：

它们在温暖浅塘中、绿草间

食虫鱼、振翅、昂首、理翎

硕大身躯，艳红宝石样头冠

偶尔腾于半空

便引来注目与赞叹

温饱无虞，现世安稳

不需料理天敌

寿长，鸟寿

三十余年

约等于人生

一百五十个年头

专情，一雄只配一雌

有他鹮侵入其间，二鸟

交颈，呈备极欢爱之态

使它羞赧退去

雌亡，雄不复他娶

雄不存，雌亦孤独度过半生

原载于微信公众号"卓尔书店"2022年4月

2

完成

不能完成的事中
有一笔理想的好字
是其中一桩

然而有一天，远不能差强人意的字迹
条分缕析
无处可藏，于一位陌生老者
火眼金睛下：
你练过颜碑、欧体、柳体
唔，还有《灵飞经》

羞愧处在于，我做不好
却皆有来处，一件永做不好的事中
总留有纷乱的尾巴
羞愧处更在于，迄今为止
我并未真正，做好过一件事情

原载于微信公众号"长江诗歌出版中心"2022 年 4 月

【Q─W】

1

夜猫

猫做梦的猎手
瞳孔是两盏月亮

白色月亮的儿子
举着诚实与妄想的火光

它在睡去
身体里另一只猫也在睡去
身体里另一只猫睡去
它才睡去

从不虚构往事，无法割舍的
被称作欲念的金枝。只匍匐着
等待，等待

铜钟敲响前
它取出晨昏看
绯红的，薄纸一样

矮行星

2

他们执着地建造房子、屋顶
与花园。用月白色的铁片
做成运送梦境的卡车

他们彼此问候，拥抱，举起
酒杯。传闻爬上许多张脸
背诵觥筹交错桃花潭水的诗句

拥抱再亲密，手臂与谎言之间
总是有缝隙
那里依旧是一片废墟

原载于《钟山》2022 年第 2 期

青菜圃

给昆虫一个家，蚂蚁、蜗牛

还有慢慢爬行的软体动物，在液体之间

不断盘绕的农耕文明，叶子上的光亮

我祈求的平安，像发芽的种子

和堂前的福字，它们曾经埋在土里

现在翻耕出来，成了堆

也成一片连着一片的栅栏，和远山对望的斤两

它们或许是父亲的锄头，母亲掉下的绣花针

它们也是我幼小的读书路上，被书本耽搁的脚步

还有一只不懂事的蜻蜓，把我和我的哥哥留住

他们一定在菜花处，也在一场雨里

等那些打开的门，从早到晚

是外祖母，也可能是母亲

2

法 则

飞鸟并不关心羊群，像黑夜躲避灯盏
雨水在到来前，要借助闪电
它们拉响炸雷时，人间都在颤抖
后来为了调节气氛
它们又命令花像花，水流和溪水
各有区别，而后才有了女人和男人
琼树惹来蜜蜂，所以一切都各有秩序
等同于拨开山岗雾岚，百草也有禁忌
它们仰望左边的山峰，又俯视南面的山坳
对生长的或者期待的，皆一视同仁
柔软不等同于卑贱，山风也会怒吼
正如有人在河边洗衣，就有人在河边捶骨
这些干净的秉性皆来源于人的内心
它们崇尚高贵的，也应该秉持自然的
让一只蝴蝶飞走，也应该原谅一头獾猪的存在

原载于《星星·诗歌原创》2022 年第 7 期

每个傍晚都是最后的傍晚

1

再一次提起文森特，我躬身于
一片蓝色鸢尾中找寻虫洞
有时候是蝴蝶的断翅，充当滑板
我们来到港口——天色阴暗。大片海水被你
装进了白色 T 恤
港口汽笛声催促我们离开
航线并没有事先确定，我的大脑里
时常悬挂着暴风眼
而你充当一座灯塔
机帆船的发动机拽动船桨，船尾在水面画线条
我的眼睛也是一座海洋
你的船会在里面越走越远，或者是回来
都被定格成一幅画面——
葡萄酒味儿在空中流逝，被咸湿的灰色充斥
刮刀比画笔更能呈现风浪
有时候它装扮成内心的风平浪静
时间不可思议地流变着：海鸥啄食我们的晚餐
它们降落在船舷上，带走一小团面包
天快黑了。小海鸥正在等它们
而我们正在等待星期五的到来
——你收回视线，从一幅油画中取出我

原载于《散文诗世界》2022 年第 8 期

脸

1

当一个人无话可说时就来到江边
就穿过高高的乌桕树
被它蓬勃的阴影打动
就踩过一粒一粒细沙
看它拥挤却不染纤尘
就来到一块离岸最远的石头
被它的沉默轻轻托着

两岸宽阔，轮船在鸣笛
江水在奔流中更加
坚定不移
在一种深情的流逝中你看见
一块岩石
露出了一张被水流无尽冲刷的脸。

泰不语作品

2

女人

她不是同学、朋友，不是亲人
不是欲望和想象
她在我这儿没有任何面貌和轮廓
而当我听说她的坚持。仅仅是
听说
她怎样独自度过她
海藻一样飘摇又柔韧的一生
她的泪找到我，从我的双眼
流下来
这原始，而永不可知的联结
神秘的释放

原载于微信公众号"望他山" 2022 年 7 月

1

柯鲁柯

树贤作品

之前这里被称作戈壁，空旷与荒凉
曾彼此熟悉。盲目的雪鸡、岩羊和雪豹
被城市的鸣笛声驱赶至四季不化的古雪

在柯鲁柯镇的街头，人人都有停驻片刻的权力
他们听远古的咒语迟疑在神山的阳坡
看蠕动的牦牛群带走时光

十月的风突然改了方向，此时
我遇到了一叶风中的轻舟，一双眼睛
那是射向苍凉的两束飞驰的光芒

2

乌兰

我透过车窗看天，看云的脚步
从容而安详，朴实地越过高原
它们的影子落在尘土飞扬的路旁
落在山坡上忠于职守的牦牛背上

凝视、眺望，此刻
我正在想念一只逝去的鸟雀
沉默的原野，鼠兔闲散无定
窗外的青稞正在阳光下成熟

雪水流淌，颤动着自由的光泽
而风延展了水的宽度
看吧，乌兰，我们的生活
从来都要忍住平静幸福的眼泪

原载于《诗刊》（下半月刊）2022年第1期

1

水洛河腹地

黄昏美得出奇。我愿意
从这里开始，走向那一座座披着白雪的山峰
麦子地下，曾经埋着月光的地方
此时铺满了大块大块黄金。寒冷的黄金
和雪一起被风吹打着

让人怀疑在北方，有那么一位神灵
从亘古到现在，总是在吹着一只古埙
吹得芦苇弯腰，三五个孩童
迷失了家的方向

沿着水洛河的腹地狂奔。那种
庄严的速度，像是来自中世纪时期的骑士
追逐着落日，从史册的尾页
火焰一样寂灭。天空伸出手指
点亮星辰，又替阴云卸下了负重

父亲的遗物

整理房间，无意间碰到
父亲生前的一些旧物。一只褪色挎包
一本革命日记式笔记本，一些书信

那些曾带着父亲体温的物什
冰冷寂静。但面对着时光的打磨宠辱不惊
这符合父亲的性格。在他最后的日子
痛无数次在半夜和他谈话
他却忍受着不出声

翻阅那些俊秀的字迹，一张张
泛黄的纸上。岁月重新回过头来
作为一个无父之人，尘世间艰难跋涉这么多年
本以为自己足够强大，但是那些字符
轻易地就拔出了泪水的根须

尘世如此悲凉，抱着这些
能给我温暖的旧物。和它们的相同之处是
我也是父亲的一件遗物

原载于《广州文艺》2022 年第 11 期

1

而海，始终如一

日光倾洒博大的祝福给这片海洋

和海洋中温煦的小岛，那惊人的探照

不吝明亮我词语的洞穴，无关紧要

它屏息的寂静将会改变成何种形状

当一切远离，在四千公里外无主地争吵。

清澈的海浪，金色的空气裂响

偶遇的陌生旅伴，我们无所凭靠地纵乐。

这愿景般的时刻无法久留，但希望

使我们的生活对称中平衡。

但没有生活，此处，就像一颗水珠或一棵棕榈树？

一块飞地——

当树影转身为我遮上它绿色的盖伞

遗忘。我想。

学习懒散的树叶怎样无所欲求

而那些漂浮的小船也不曾

为了使自己不再下沉更多

而试图减轻重量。

2 | 愿景

那些灯光梦景般融化在黑暗里。
当我读外国文学，纸页上展开的海岛或庭院
以及骄阳下的冰鸡尾酒，曾深深吸引着我。
现在，它们依次在我的眼前呈现：
沙滩泛着静美的白光，随后光与暗
默不作声地交转
人们推动手中的酒杯
好似不自觉地推动着时间的前景。

二十来岁时，我曾幻想成为麦卡勒斯
或者杜拉斯——她和热带更为相配。
把一辆破汽车颠簸地开上公路
以毫无内疚的堕落谱写热病似的自由。
而生活逐渐展露它自己的意图
事实上，一切搁浅了，像冬季室内的苹果
我分散在小说里的一万种角色接连沉默。
海岸上是别人的欢腾，不是我们
重新聚拢的梦证实着损失
就像波浪证实着海岸孤独的轮廓。
我早已在不确知的某个时间里毁掉了她们。

原载于《钟山》2022 年第 4 期

晚睡者

清醒时，我依然放松地躺着，
望向薄荷绿的帐顶，
突然有些释然。
晚睡，让我隐约感觉到了睡梦中的变化。

原载于《诗刊》2022 年第 3 期

群山与云朵

2

群山，多像我们这些调皮的孩子
争先恐后地起立，举手
老师，多像山上的云朵
不管我们回答得对与不对
都一样慈祥地抚摸我们的头顶

原载于《中国艺术报》2022 年 1 月 24 日

1

离开我，成为你

孩子们在花园里追逐，

女儿也在其中——

一下楼，她就挣脱了我的手。

我乐见她成为随时可以离开我的人。

我乐见她以有限的经验行事：

奔跑时眼中只有前面的伙伴，

听到谁说"藏猫猫吧"，

立即捂上自己的眼睛。

我乐见她叽里咕噜地与伙伴交流，

如果对方走开了，

她仍把一句话说完，

说给自己听。

我们在一旁，聊着平衡车的使用年龄、

青菜的做法和学区房的涨幅。

女儿突然回到我身边：她刚刚摔了一跤，

要我对着伤处吹几口气。

是我让她相信疼痛像一层灰尘，

一阵风就吹走了。

这虚无的安慰会陪着她，

直到伤口越来越醒目，再无什么可以缓解，

她还在自己向伤口吹气，

气流微弱，和她童年时感受到的一样，

提醒她人力的尽头是虚无，

虚无的尽头是承受。

2

像我这样的人

秋天去松树林，不要带一点火种。
去红枫林、银杏林，那么热烈的颜色，
你想自己是一块冰，但已经跟着沸腾。
你就是这样的人，
你说爱的时候，已经爱得不能抽身；
你高兴或厌倦，其实在掩饰一阵狂喜，
或者处理那不敢直视的绝望。
反过来说，这是一种克制的美德，
是成功混迹人群的方式。
在没人的地方，你只想往前走，
走到树林的深处，不是满树的银杏
在金黄的顶点落地，
而是一地松针渴望一颗火星。

原载于微信公众号"诗草堂"2022 年 5 月

采药人

外公打电话给我，回来过年时
帮他打一壶酒，家里的草药瓶子
早该换了

想起小时候，春天一到
外公就进山采药
晒好，切好，包好
锁在木柜里，等村里人来取
钱，给点就行
始终对药名守口如瓶，这些年
他陪着他的山林慢慢老去
一起忍受着疾病、风雪

现在，这个沉默寡言的老人已进不了山
坐在火炉边，把包袱里的药引
指认给我看，颤巍巍地
像说着遗言

我在心里一次次地默念：
山扁豆、无患子、白芷……
这样多念几次，印象就会加深

他说我是这个家里唯一有耐心的人

2

那个铁环

想起小时候，和同伴在街上滚铁环
从中心桥，滚到田坪梁后面
从三四点，滚到太阳下山

风把红领巾和呐喊，吹得飞起来
铁环的哗琅声，流淌在我们中间

我最终没能留住那个铁环
在某个多雨的夏天，卖给了废品店
镇上最后一个箍铁环的人
也死去多年

我时常梦见，那声音有些刺耳
有些遥远，一层铁锈落在地面
风一吹，就飘起来

原载于《星星·诗歌原创》2022 年第 9 期

我抱紧的是智慧

这样的发生才有闪电的意义
当我抱紧的不是男人，而是具体或混乱的
智慧

我抱着的肉体，他必然要挂满人世的尘埃
金子般珍贵——让我
无我地着迷

当我躺在宇宙的眼皮上，像无意义和有意义的男人
对称地躺在荒谬的身上

我们——用自我的混沌相爱
像铁树通往镜像之果的伟大之恋

松树的语言学

松树也有它的语言学，直到
捅破天空的那刻，才完成全部的修辞
像一个自证癫狂的艺术家
像一群闪烁着孤独气味的群星
一棵最高的雪松，在两栋楼之间
诉说着宽阔的有限、卑微的眺望
用身体的松针不断分割鸟群的天空……
统领着众多小树和一地落花
让孤草衬托葳蕤，枯枝衬托紫红
我们正路过这些树，形同
树每日会路过截然不同的我们
今天的这棵松树，因为大雨
脚底落满了泥泞，就像我的裙摆
但它显得更加纯洁，一场雨
告诉它，爱应该毫无保留
然后才能变得纯洁，就像相爱的人们
仿佛被岁月淘洗，但又始终如一

原载于《山花》2022年第8期

1 割草人

旷野无声，割草人攥着光阴

割了一遍又一遍

去往故居的路边草

他想回去，回到虚构的家乡

尽管他一事无成，且背负一生的错误

想到故居，故居后山的祖坟

他的孤独与众不同

镰刀在他眼睛里反光

那晚，他在他的故居枯坐一夜

磨损的铜烟袋锅闪闪发亮

磨损的镰刀口，切割光阴谣

旷野无声，咳嗽声回荡旷野

年纪越大，越感到害怕

他觉得情况起了变化

哪怕是回声也得忍让，况且是念念不忘

他准备去祖坟前拜一拜，趁着夜色

像个蹑手蹑脚的小偷

若干年后，他死于一种自我收割

墓碑是一截木头，雕刻着：查无此人

原载于《诗林》2022年第1期

1

山
居

汪艺作品

寂然
山体中

我无法遏止自己
不在早晨研制
更多清醒剂。

就像，我无意阻拦
鹤发的母亲，一边煮粥一边
视觉化她的想象——

大鲲
在一个虚幻池塘里
投下的几分
精密
暗影

原载于《诗歌月刊》2022 年第 3 期

1

白昼

一整夜，太阳把白昼搬到东半球

阿尔卑斯山脉，印度洋，法罗群岛，不停地转动

保持着短暂温热

东半球拿出一半奖赏这个国度

古老的国度，元谋人早已绝迹，年轻的面孔

写简体字

这国度又匀一部分邮给城市

清晨，密集的车辆驶过街道，再没有人

慢悠悠地骑着驴子，醉饮着

城市将一小份洒在阳台、杠果，和你手上

你伸出的手指，娇小，柔软

等一个人轻轻触碰

春水即事

霞光被风刮落，又被江水扯远
我偏爱这流逝之美，甚于占据人间的诸多腐烂
昨日，我为得到的东西欢喜
今日，我又为它的短暂伤感
——我曾因于这样的荆棘，锯断一截木头求证
它的永恒
这是一条歧路：岂能蹲在一堵墙的影子下面
判断光的有无？
星辰永是照耀
万物更迭不休
当我明白这些，生活的潮水已在拍打我的皱褶
所有的花只结一种果子，它的干瘪
我的爱也是
这多好，花朵、火焰、铁锈、骨头，它们活着
又死去，谁也没有拥堵
千年万年，保持了秩序的完整

原载于微信公众号"天天诗历"2022年12月

观云记

去海边散步，笛声传来
削减一些悲痛。若是东汉的笛声
将在秋天换来什么？

秋日的阳光正在加速影子死亡的速度
我指着远处的云，向谈判回来的人
描述云的模样，他习惯性地点赞

云朵，总是趁我们不注意
变幻模样。它们在天空练习
将肉身交给草海

我没有理由不爱游离的事物
群山之中，只有云朵
被迫成为灵魂的证词

小镇夜饮，兼致继鹏

王近松作品

不要试图在春天，解读自媒体中深藏的真假
真假的本质，如同无边的夜色

在夜里，灯光划定界限
孤独成为稀缺的思绪

无须感到疼痛，举起酒杯
就能在酒杯中捕获春天

没有人懂得夜晚
也无须描摹着短暂的轮廓
我们在小镇上组织言语
女人和酒是一生的措辞

孤独在听从酒水的召唤
终其一生，我们都在腾空身体里的重量
让灵魂轻盈一些

原载于《青年文学》2022 年第 1 期

软柿子

捏软柿子，这手段我很小的时候
就有过切身体会，母亲挑着平底篮
我怯生生跟在身后，最后十几个柿子
要在十二点前卖掉，那是最后一班车
返程的时间。我第一次走进镇上的供销大楼
第一次爬楼梯，感觉比爬柿子树容易
我们挨个敲门，一个女职员用食指
把眼镜往鼻梁上推了推，然后在篮子里
逐个捏柿子，这些被很多人捏过的柿子
早已软塌塌的，但她还不放心
很认真地又捏一遍，感谢那些捏过软柿子的人
他们让这最后的柿子卖出了好价钱
并让我们及时搭上回家的末班车

2 | 压跷跷板

收完谷物，母亲掀掉晒箕
露出的梯子、杉木杠和大板凳
被一群孩子叠加成十字形
孰轻孰重，这时候终见分晓
在上下颠簸中，眩晕和快感
愈发强烈，直到大人们退出稻场
太阳隐身山坡，只有一个孩子
还坐在木梯一端，他是自己的玩伴
也是自己的重心，他把世界压在
屁股下，把悬念压到最后一刻
而木梯的另一端，害羞的月亮
已悄悄爬上草垛

原载于《星星·诗歌原创》2022年第1期

滴 答

屋顶的几处漏水，落入接水的器皿

滴答，滴答

浸入似的余音。像钉子

加固那一段记忆，不断钉、钉、钉……

小池塘因下雨

起了薄雾，雨水又持续拍打

池面的毛玻璃。一座掩体般的小山

一侧，小径上，一个模糊的身影

由远及近，那是戴着竹笠、穿着蓑衣的

父亲，像一个古代的游侠，大步流星归来

滴答，滴答

他总能把一些吊水泥鳅带回家

2

最后一根火柴

曾经他拥有一整座森林。现在只剩下手中
这根最小的木头。一根火柴。一文不值
哎，一切都要从镁光灯亮起的那一刻说起
曾经，哦，曾经和现在一样，只需要一个闪念
就能擦出火花，那个长脖子的红发女人
啄木鸟一样啄他，他至今能听到身体内部的回响
曾经他拥有澎湃的激情，现在只剩下手中
这根红头颅的火柴，像最后一个感叹号
点燃这根火柴，他就可以钻到那个空了的盒子里
他一整天咬牙切齿。兴奋得大吼大叫。直到天黑
他把火柴慎重地填了回去，像填回去一整座森林

原载于微信公众号"送信的人走了"2022 年 12 月

雪天看大人们祭祖……

探出的峭壁。
他们总在停车，总在
寻找高处，迟疑。
雪地里，反复揉动
那未眠之火，湿漉漉的焰。
拨动贫瘠的木棍，
一沓纸升起、落下。
陡峭的空气里，他们内蒙古的母亲
陕南的母亲、贵州的父亲、东北的父亲
升起又落下……

他们相信，是迟来的爱
编织着那些灰烬。天空的
风箱那么广阔，雪
那么广阔，此刻并不用来振翼。
一柱悲伤从云间下来，而
困顿正沿山路回家……

庆幸那时我尚小，雪花
尚能教会我平静。从愚钝的山巅
来临，雪花和雪花，盈满了
世间的弯曲和挪动。它们不安，
却未沾染声响

原载于《扬子江诗刊》2022 年第 5 期

独出前门望野田

和我一起抚摸荞麦的还有月色，我
像稻草人一样站在田埂上。留意周围
幽暗的温度，以及所有和土地有关系的事物
有人说，生长最能体现光阴之美
秋天了，我为什么要吝啬赞颂
不断更换胸怀，成为另外一片开阔地

门开着，一垄地就是一条生活的分割线
只有风混丢了故乡

原载于《辽河》2022 年第 7 期

阁楼上的蝴蝶

1

沿着木质扶梯旋转，步入阁楼
——七岁的孩童邀请我加入他的王国。
我自然也能对这阁楼重新享有王子般的
管辖权。当然可以大大方方地坐下，堆积木
支配我的士兵，攻占他的城堡；把路上
拾到的几枚弹珠数入八音盒，如数家珍。
当然也可以随他跳上钢丝断了几根的席梦思
蹦下蹦上，听它不堪重负地咿呀作响
直至我们再次看见，蜘蛛网上挣扎的白蝴蝶
在床帘缝隙间渗入的光柱中，振翅欲飞。

"哇，透明的蝴蝶！"他大声叫唤祖父
直至祖父的身影始终未从楼梯的转角出现
直至蝴蝶奄奄一息，精疲力竭。
我才惊觉，哦，孩童，蝴蝶
原来他们都已死去多年

原载于《诗刊》（下半月刊）2022年第5期

2

听雪

冬天很快就途径我们
一夜便白尽山冈
林间落满了松针

雾中，我们密谋
举行一场禁闭
无人再被期许进入的谷地
这里没有月亮，黑暗
不会擅自延长

他不必再与漏风的影子，对坐
剔净世界最后的、唯一的牙
也不再苦于解读
石头上，曾随意涂写的文字
今夜的他，会以残躯
坐断头顶极天的鸟道
抵达牢笼的梦境
在夜色里去向不明

原载于《诗刊》（下半月刊）2022 年第 8 期

1

南方列车

南方热带森林在消逝

夜莺高唱平原的赞歌

城市在迷雾般的暮色中远去

我们即将踏上北方平原，茂密的香蕉树林

那是母亲的果园，有我童年的印记在回溯

高大茂密的榕树，仿佛承载星空

和一个少女的秘密

雷电多次击中它，台风过境

它仍旧屹立在尘世

我深信，我的一生都不会

看到一株桉树的枯萎

北流气候湿润，白马镇居住我的乡亲

乳汁般旺盛的雨水

哺育一条河流经过白马镇

流过我青年的梦想

一个午后，我们途经电影院

安静中看完俄罗斯电影

有人在树林吹奏笛子

呼唤丛林声音，有人在咖啡店

拿铁入胃，消磨时光

我的邻居在院子里晒太阳

她已经老去，像一尊木雕

生活的磨难

和疾病的折磨，早已深入骨髓

风湿的关节在疼痛

外出务工的儿子至今独身

我和母亲探望她

仿佛我们在叹息中微笑告别

仿佛一切恍然老去

我在火车上沉睡

又一次回忆起南方乡下的日子

原载于《江南诗》2022 年第 3 期

雨打在伞上

伞面成了鼓，成了蜻蜓点水的池塘

我成了鼓中空的部分，成了池塘

最底部的淤泥，仿佛黑天鹅

曾在枝头歌唱的鸟儿不见了

已被雨水击打成一条大河

悬浮在空中，洗尽所有的星星

它们的光常常斑驳出人内心难得的宁静

枝头还有伶仃的叶片，风雨中，像落魄的游子

背着巨大的贫穷和羞愧往故乡的方向赶

又像一个人正陷入生命的困境

走在路上，被雨水淋湿的路，像一条舌头

尝尽了世人为了生活，在上面拼尽的力

不光只有苦。一路上

我经过学校、超市、医院、监狱、政府大楼、火葬场……

收集了那么多滂沱的声音

有的垂直，有的弯曲，有的匍匐，有的下跪

如果你愿意，我倾泻给你听

劈柴的父亲

冬天就要来了

他坐在院子里劈柴。花白的头发

像一场早来的，落在旷野里潦草的雪

他的脸，在无数个鲜为人知的夜晚

已被泪水冲刷出沟壑

他曾经饱尝过怎样的疼痛？是否像我一样

在深夜借着烈酒，把自己宣泄成一道无声的瀑布

他穿着和泥土一样颜色的衣服

看起来像泥土做成的人。他先用锯子

把长长的木头等截锯开，又将这些锯好的柴

立起来，用斧头从中劈成两块。这个已年过半百的人

一条腿早被命运和生活弄瘸

现在，他手里的锯子和斧头多么锋利

他的动作就有多么锈钝

他将劈好的柴，抱进墙角幽暗的角落

他有着和墙角一样幽暗的沉默、宽宥、慈悲、爱

他已经懂得如何将它们封存为木柴里的火焰

原载于《星星·诗歌原创》2022 年第 5 期

拂晓时你站在一枚苍耳的果实上

你那么小，小到生出一种空幻的力量

群山和落花在你身体里拔节

伯劳鸟衔来布满尖刺的蔚蓝草籽

风将渡鸦从黑暗中拎出

积蕴之物消解

而你体内尚有一泓清泉流淌

暮晚带来倦意

你在安静的街镇上行走

白色的梨树簇拥着你

花瓣从你肩头滑落

像书页一般，你捧起它们

梦境之上

你强迫自己从被反复剥夺的命途中

睁开双眼——

一条垂危的鱼搁浅在河道上

耀眼的悲伤与粼粼波光融为一体

你忽感羞愧难当

身体触电般陷入一种轻盈

仿佛奇迹

原载于《星星·诗歌原创》2022 年第 6 期

夜晚和白天

夜晚和白天不一样。
喜欢夜晚的人和喜欢白天的人，也不一样。
直觉告诉她：
喜欢夜晚的人更多一点。
毕竟，只有夜晚能让人短暂地做回儿童，
变成夜晚的孩子。

相较于日光之下，万物各安其位，
各有各的领域和边界。
夜色消弭了一切，温柔地
包裹着每一个人。
夜晚的形状——
是每个人熟睡的样子，
也是失眠的人假装睡着了的样子。

千万年来，真相可能是这样：
人们通过做梦，让夜晚的自己
与白天的自己对话。夜晚
通过每一个人、每一棵树、每一个物象，
完成了与白天的一次次对谈。

音乐没有地址

音乐没有地址。

时间从来不会为谁停留。

中年少女晚上八点以后，只能

吃一小口蛋糕，否则会褪色。

时光雕刻她，时光也锈蚀她。

每年生日那一天，都是她"回到根的时刻"。

从灵魂深处萃取火焰，擦亮战斧。

这些年她吃过生活的苦，也得到过甜，

并将那盛蜜的陶罐，舔了又舔。

她需要太阳和月亮的力量，去练习飞翔。

也需要湖水与河流的力量，去接受事实——

若此时还没有长出翅膀，就再也

不会长出翅膀了。

她已经准备好失去一切。

沿着这条狭窄的小路踉踉跄跄走到中年，

身体没有感到筋疲力尽，心底

也没有生出斑斑锈迹。

她有一种"胜利感"，并愿意相信：

春风正从万里之外，为她而来。

原载于《星星·诗歌原创》2022年第6期

1

夜鸟穿上鞋子旅行

夜鸟穿上鞋子旅行，翠竹制造木排，
谁给我戴上镶嵌着星辰的发饰。

他短短的胡须，琴键般的牙齿，
黄皮肤？也可能是个瑞士人、意大利人。

水手，或三流画家？
太奇怪了！哦，我要把所有的梦再做一遍。

但是，请问这梦是什么意思？
他们都和你一样，伸出温软手掌。

——真的醉了啊，我要卧倒在
冬天的沙发上，喝春天的酒，忆夏天的你。

2

雪中即景

我说灵感豹子遇见柏拉图的雪景，
素白无际涯，十四行云也描绘不尽。

可谁甘心坐窗边饮茶，孤零零炼句？
纸上字，融化着——

不如去堆个雪人儿，眉眼像你。

原载于《诗潮》2022 年第 1 期

噢，葡萄

1

事实上，葡萄们真的那样做了——
她要做别人家的女儿
必是脆嫩甘甜，酸爽可口。汁液
四溢。作为女儿，生来是要
被夸奖的。她们懂事，内敛。在这个世上
每个葡萄都有一个好听的名字
程文如
程文婧
程文娴
程文婕
程文嫣
程文婷
程文姝……
她们紧紧抱住，葡萄梗
又黑又瘦的
干巴巴的，胆小的
老程。想吃葡萄

病友打趣他，想吃就让女儿给你买嘛
每人一串，够吃许久了
他有深陷眼窝，不宜拔出的葡萄
有一刻，他捧在手里怕摔了的
含在口里怕化了的
葡萄。如今他担心，失去了梗的葡萄
该怎样被人提起——
葡萄。现在桌子上只剩下三颗了
三颗有名有姓的葡萄
噢！有一颗已经枯萎。严格来说
已经不能再叫
葡萄了。她还黏在葡萄梗上

忽成行

我有儿女一双，沿着矮墙

他们疯跑嬉闹的时候

我用短小手臂按住忐忑之心

驱动脑袋，以适应双眼摇摆

他们一身是胆浑不觉

恐惧为何物

巴掌大的园子里青菜

安静生长，百虫耐心蛰伏

除此之外尽可称

是非之地

我不忍施加他们以人世法则

生活的陡崖大都

呈坦途模样。多么危险啊

他们正沿着未知斗胆走我老路

让我稍感欣慰的是

刚满四岁的儿子认为

世上最厉害的武器，是枪

女儿说是魔法棒

原载于《星星·诗歌原创》2022 年第 1 期

1
治愈
— 致泉州

谢健健作品

直到完全成年，你才回到祖地。
第一次坐上南下的高速列车，
你看见河流从桥梁下入海，
不知疲倦，为了回到最终的归宿。

临到站忐忑的时刻，忧虑方言
是否已被经年的迁移磨损。
保留着腔调间迷人的闽南音，
你注视城市像一座炽热的发声建筑。

杏黄的房子，曾经流动过红壤，
凝结成不透风的音墙。开元寺的双塔，
是广播的信号天线，播报你来
走过繁闹的西街，它跳动的心脏。

提前进入夏天使你脱下外套，
卸下在故乡，熟稔的沉重包袱。
有一种轻盈伴随着观光车，
行驶在分辨不出年代的街头。

你漫雨的昨日，露出疏漏的间隙，
经历过梅雨季洗礼再被暑气烘干——
钟楼的阴影被黄昏斜映得很长，给你
天空的安慰，还有土地的藕断丝连。

原载于《青年作家》2022 年第 5 期

2

草海站

谢健健作品

列车晚点以后，举牌的二道车贩
蹲在铁皮外和时钟对视
蒸汽的笛鸣像还没开始的故事
我知道友人正想象抽烟
烟雾中会映现他本质的颌骨

揽客声中隐藏着上世纪的中国
流向不同的边境和年龄不同的床
人群开始涌动了出来，握着
瓜子壳，或是一卷过时的报纸
伴随旅店打开所有窗户的黄昏

朋友们来了，满是疲倦，
从上一座车站赶往这座车站
他们要从海水中打捞起我
捕获一次潮汐过后
已被湿漉语言浸透的海洋之心

车站保留了相见的庄重，人们
握手，人们致意然后拥抱、
谈论得以缓解远行的悲哀
我们共同信赖，古老的等候——
它是双向的风，将要扑个满怀

原载于《边疆文学》2022 年第 10 期

湖边柳

湖边柳将一截身体露出水面

另一截留在水中

一只鸟儿飞来

在枝头停留片刻即飞走

在过去

这一幕已发生数次

一株藤蔓攀着它

慢慢爬至最高处

远远看去，它像一个

被藤蔓绑缚的人

看不出欢欣或痛苦

但它活着并站在那里

保持着事物的初心和单调性

不容被忽视

公交即景

2

被损坏的建筑，站在路边
等待重建或彻底瓦解
另一边高楼正在建起

被损坏的人，坐在我对面
沟壑和僵硬先于年轮到来
他们不是个体，是群体

那损坏它们和他们的是什么
在无数个我看不见的时刻
改变发生着，像潮起潮落

而我记得生命开始的样子
柔软洁白像棉花糖
出现在世界面前

原载于《诗歌月刊》2022 年第 2 期

1

在细处

太幽微了：显微镜下的秘密
心灵深处曲径通幽的迷宫
有多少孤独、爱与惶恐，多少悲悯、幸福与宽容
像萤虫的微光，对应着浩瀚的星空
正如滴水有穿石之力，羽翼有天空的高度
一首诗要在细节中，看见人类的欢愉与悲苦

2

山坡

忙碌了半个下午，我累得坐在草地上歇息
旁边的庄稼地里，父母还在弯腰收割着油菜籽
他们脸上的汗水，仿佛昨夜月光留下的霜迹
天空明净，白云舒卷
透明的阳光有着蝉翼似的轻盈
有人站在山坳上大喊，一百米外的坡地里
一个中年女人慌慌张张地答应
我后来才知道，就在两个小时前
她的丈夫在山脚下的矿井中，随着冒顶的石头
沉入永恒的黑夜。半坡的盘山路上
一辆拉煤的货车正在奋力向上，粗壮的吼声
仿佛劳碌中巨大的喘息。多少次
我的父亲就是那样负重爬坡，我担心他
一不小心就踏虚了，生命失去平衡的支点
我看着莽莽苍苍的群山，幻想着远方的旅程
十岁的我，还不知道命运会将我领向何地
我羡慕那些天空的飞鸟，自由地消逝在天际
就像音符消逝于尾音，风消逝于寂静

原载于微信公众号"油脉"2022年7月

冬日狂想曲

太多的激流暗中涌动。太多的记忆碎片
漫天纷飞。冬天张着干燥的大口
这缓慢又瞬息的挪移，划出纤细的光
一只落单的鸟茫然地飞过，留下一声哀泣
浮尘隐匿在欲望之唇上。更多事情
尚无显露半点端倪，唯有天空坦诚如一
我需要水——透明的水，无色的水
冲洗我内心豁开的裂口
我需要夜晚的节制与凝练。我受着
这世界遍布隐喻的伤。一切神秘而
不可言说，难以理解却不得不信服于它
我需要一些特别的时刻，恐惧和虚弱被压缩
渴念——对水的渴念包孕着巨大的狂喜
不再惊异于我时而高昂的头颅。悲剧被允许
我在你灼热而痛苦的灵魂上涂涂抹抹，而不被制止

原载于《北京文学》2022 年第 7 期

2

长夜

以你之痛，覆盖我的伤口
黑夜永无止境，你默许
蝴蝶，在你身体上繁衍

小口小口地啜饮
你灵魂的琼浆

死亡是一种丁香色的诱惑
不比活着更令人绝望

即便深入更猛烈的痛楚
也不能解开命运的绳索

即便我已走入你梦境的深渊
也不能点亮你黎明前的灯盏

这永不得相见的我灵魂上的孪生姐妹
这无边无际的漫漫长夜

原载于《绿风》2022年第2期

1

夜的第七章

光和雨一起坠落，我的心房

跳着圆舞曲，士兵们列队离开温暖的营帐

穿越夜晚，黎明在眉毛上凝结

我把玻璃杯重新沥干

指纹爬过白色桌面的每个转角

我举杯敲过这些友谊逗留的地方以致回忆它

究竟属于遗失的第几页，我清楚

包容自己的时间又一次缩短

底楼的鼓手毫无进展

他在重复失败

截肢的含笑树把手伸向没有顶点的天空

那里什么都没有，一万层的云

只是风暴的一层薄面皮

席卷我的永远把我装订成册，收录无尽的梦中

不论你怎么读，我都无法反对

诚斋的生活

2

早上启程时，山云堆积如屯
知道今天阴雨连绵，夜里更加喧哗
田中的禾苗生出耳朵，其实
庄稼遇涝微烂，生了秋天的黑穗病
坐在客店歇息，接下来的路不好走
一晌雨赶一晌愁，想到深山的早梅
在一座少人的村庄开，倒也走得动
冒雨继续走到夜里，城中的日子
令人厌倦，冬天还没有几日
赶到普明寺看一看，窗前两三枝梅花
将开未开的样子真好，不要怨恨
来晚了，初放的一天你未曾亲见
下不下雪都不要紧，月亮越过山顶
没有酒当然也不错，看花看仔细些
闻到缥缈的希望在孤独与幽静的一面

原载于《诗歌月刊》2022年第2期

1

写作的秘密

写作的秘密到底是什么？

经常，我会为这个问题困扰不已

直至昨夜，我再一次

受困于语言无法抵达的禁地

体内的狮子，对着月光发出嘶吼

一切痛苦，都在以这样的方式

跳入黑夜这座亘古之坟

当我在键盘上，无限度地接近死亡

似乎从一首诗的开头到结尾

路途崎岖，遥远，而我一直是那个

在悬崖之上的徘徊者

我深知那无底深渊中

随时可能伸出一杆猎枪，当枪口

瞄准思想的靶心

我便如半个世纪前的海明威

在倒在自身的弹头上之际

也找到了

一个可以纵身一跃的启示

2

在旷野

在旷野，一只鹿在河边低着脑袋喝水
水影晃动，映出它头顶两只硕大的鹿角
微风中只有几蓬无名的荒草，在匍匐，在涌动
这些卑贱之物在为一只鹿——不，是在为一位
疲顿失助的孤独者齐声低鸣
隔着小河、木桥，那只鹿突然间抬头张望
它眼神幽沉、胆怯，几只灰雀
掠过低空，掠过它被流水晃动的鹿角
我放眼望去，站立的鹿身俨然一座壁立的教堂
鹿角便是其高耸的尖顶，伸向苍穹后
我听见有钟声，在它的身体里回荡
一切都因这钟声而更显寂静。在这片旷野之上
所有的生灵拥有一致的信仰。这也使我确信
很多年前，在同一片旷野
我随外婆捡拾橡果和干枯的枝条
用炭火取暖的日子，大地总是重复着
不着边际的空阔，只是那时候
北风还没有现在这么凛冽
也没有鹿，从所在的族群中贸然掉队

原载于《雨花》2022 年第 3 期

许天伦作品

雪还在下

1

薛菲作品

沿着伊犁河，萧萧肃肃的铁轨
列车上载满名叫雪的乘客

有一个人想象自己
是无名的站台
迎接一位衣衫冒着寒气的情人

拥抱，融化掉那样
这样，西域草原就少了一个孤独的人
多了一片汹涌的花海

吐尔根，察布查尔，那拉提的野果花
都曾有叫雪的情人

触着雪山脚下的草根

触着灌木、石头、大片无人收集的阳光

触着陌生，却让人欢喜的春天

触着饮水之马的双唇

感到战栗，激起波浪

温度来得猝不及防，我想回到冰山怀抱

再一次，试着激荡，流淌

我不是一块冰，也不是一粒石头

我是河流的事实，的确

需要一匹马来告诉微微喘息中的身不由己

西域埋着多少马的骨骼

而我永远像第一次，在西极马的唇齿间

觅到春天迷醉的青草香

原载于《西部》2022 年第 5 期

飘摇

1

某天，我们唱了"蓝星花"的歌
砍线后的灌木林，堆着街道清理来的杂物
刚长深的景色
移动到镇子。旧时俗称的纹理
带来我们在雨季
搜寻的蜜蜂味。但我们的父亲
在谷仓里躺着，日渐变冷的气候

你伤心一个老人离去，他摸着一棵树走
就一头倒向鼹鼠搭建的巢穴
药铺的小伙计抓起几只蝉
从屋顶穿过了蒲公英

我不得不在腥涩的空气里
等待恐惧降临
看玫瑰花瓣和伞状物
飘摇在空气的皂角里

雅北作品

2

青云街

雅北作品

埋在记忆中的一个晴朗

在十几公里以外

一个盛宴的花篮

背面泛着竹子的色泽

它的花起初是白色

在夜晚，却变成彩绘的

永恒的一部分

我闻见，芝麻糊和露水汤圆裹杂的清甜

这不是回忆里的醇香

是我身体穿行一条旧时的街道

一个旗袍女性

偏向于迷迭香的气味

在卖黑子米粉的那个路口

融在体内的饥渴石头发出本能的呼应

直至一种轻柔的碰撞

她停下，和着店铺前的光

而我会站在这里

在一个无比安宁的日子

听平和的钟声

优雅地划分出每一个轮回

原载于《广西文学》2022 年第 3 期

严树海
——献给我的姑父

1

这位独生子不善言谈的父亲
坐在门口抽烟
身后是他上世纪九十年代
和三个兄弟亲手建造的红砖房
门前是邻居的竹林
兄长家的一棵大树

当我从河流上游步行而来
经过一段落满桂花和黑浆果的围墙
他从木椅上远远起身
在我面前展现一张熟悉而清晰——衰老中——的脸
严树海，我姑姑的丈夫和族亲
将整年简洁的故事冲进两杯茶水中

"因为劳动，我感觉很自由。"
今天下午，我在乡村公路碰到他，我的姑父
在细雨中骑摩托车，要回到两百里之外的工地
这位个性坚硬的男人
因为"自由"显出一个男人的温情和高贵
在人生中也不轻易原谅任何人

2

弟
弟

严彬作品

一个人因为变化的和不变的事物成为他自己
两个乡村教师健壮的小儿子在房间里抽烟
二十年来 学习过农作物栽培术 汽车修理
在一块新建筑工地上以火焰焊接自己过去和
现在的生活 中年时成为两个儿子的父亲

红脸的弟弟在自己房间里一根接着一根抽白沙烟
点燃的都是刚刚过去的事物 四月五日的潮湿树枝
黄土山上 母亲的烛火和爆竹已经被他在昨天燃烧掉
在他面前 我从不展示诗篇和精美的词语
但作为他柔弱的兄长

我们一起在同一条河里捕鱼
用的是父亲的渔网
走我们爷爷走出来的泥土小路
我们共同敬重又仇视过的倔强男人在身后咳嗽
咳嗽着进入他忧郁的晚年 吹浏阳河孤独的风

原载于《作品》2022 年第 9 期

1

周末植物学

周末我喜欢去周边探访
绕着熟路走，去山里，和植物们待上半天
路边的苍耳粘住裤脚
被恶作剧的女同学的尖叫声在耳边回荡
野刺梨，一般的人无法容忍它的
酸涩，但我喜欢用酒将它长期泡着

野棉花无人问津，如果不是我忽然闯入
它恐怕一生都要停留在枝头
同病相怜，我花一下午的时间
在野棉花地里，把棉花们一朵朵摘下
然后放飞空中

八月瓜炸开了，毛毛虫般的果肉
马上就要跌落下来

169

2

远 山

褶皱里藏着村落与鸡鸣
谜一样的远山，让我每天都有一种即刻出发的
冲动。远山高过额头，与天空
缝合在一起

被远山包裹，树木齐刷刷望着我
我都不好意思独自为人
做一棵树吧，在苍岭整天与草木为伍
与它们一起成为远山的部分

远山如黛，天边光亮刺激我的神经
我是一棵能够感知四季交替变化的树
我是一棵有思想的树

原载于《猛犸象诗刊》2022 年 7 月 7 日

1

观 星

叶丹作品

每年盛夏，我都会去巢湖北岸
观星，在书本仓促的辅导下
学习星象，获取与繁星对话的
机会。每一次，从明净的天空，
我都能用肉眼看见
比上一次更多的璀璨星子。
"如果你无法反证，
那么巢湖北岸的沙子
就和银河系的恒星一样多。"
他们大小不一，亮度各异，
如果天空继续因古老
而蔚蓝，那么是否意味着我们
每个人将分配到更多的恒星，
这样的算法增加了儿子的喜悦。

2

郊外信使

你来到郊外之外，多重
世界的交叉点：城市的，
田园的，人工的，原始的，
鸟类的，昆虫的，水面的，
水下的世界一一显现。

就好像，它们早已认定
你是个可靠的信使。
作为中继站，向你发送讯号。
前提是你要重新做回野蛮人，
并获得一个陌生的绰号，
多重世界才放下戒备，
你才能分辨它们的边界，
听懂它们的语言。

但也不是没有捷径，如果你
学会抛弃自己，快速地
出神，一切将变得容易。
出神能让你变得透明，
就好像变透明才是信使的绝技。

原载于《诗歌月刊》2022 年第 10 期

1

日　记

去河边散步，不必等到黄昏
抬头看过烟云，也该低下头
看看村庄、蚂蚁与逝去的河流

路过阿婆的坟头时，一种动人的绿
正从青草的腹部隆起。七年了
每每谈及死亡，你都会说：

"如同一头大象，站在盛放的樱花上。"

原载于《山东文学》2022 年第 9 期

1

细小的春天

那时，我们走进一片凹地

挑破玉米地上的薄膜

弯下去的腰身，几乎是在鞠躬

向着长在土地上的细小的春天

一只头顶斑白的灰雀

在十米开外的电线上

朝我们窥探时

我总是轻一些，说话的声音

以及走路也是细小的。那时

我还没经历过离别。从古老的村庄

分离出去时，我也没有

想过再也回不去了

那片田野，曾经属于我

现在属于风

原载于微信公众号"原乡诗刊"2022年7月

醉 客

2

那个下午，有人醉梦初醒

在对面的鼓楼上唱花腔

如滔滔江水，经过九曲十八弯

把一生的泥沙卸下

以为身体会变轻，就纵身从窗口跃出

但遗留在肾上的酒精

并没有让他长出翅膀，飞上蓝天

而是重重地落在地上

成为一包沙袋，去填补

精神的缺口

而他终于躺在医院的病床上

左腿打着石膏，脸上贴着补丁

再也不能唱那阕词

像只蟋蟀逃离生活的无趣

原载于微信公众号"诗探索"2022年10月

1　我的小女儿也该嫁人了

水仓蓄满煤泥的时候
我的小女儿出生了
上午九时，下到水仓清理煤泥时
我想：啊，人间从此多了一个
喊我"爸爸"的人

中午一点多的时候
当我爬出水仓
坐在西辅巷的通风口
矿灯照着六米高的煤柱
采煤机从两千多米长的采面缓缓退出
我想到：我的小女儿已经三岁了

如果不出什么意外
我会一直待在这个水仓
当 23092 工作面布置完成
当我摁下水泵开关的停止按钮
下午五点的时候
我想起：退休的事
到那时候，我的小女儿也该嫁人了
我突然感觉到：这一切
仿佛只是一次出井与入井的时间

原载于《星星·诗歌原创》2022 年第 7 期

1

写给友人的信

多久了，大雪没膝，递给眼睛里的灯火只需一盏

叫你看见人间的房屋又矮又小

叫你看见一首诗蜕掉语言的外壳之后

只留下一个爱字一个忍字一个愧字

还有一个恕字

仿佛你，在布衣布鞋中，走过山一重，水一重

活成一个人字

多久了，石头在流水的歌谣里长出青苔

舟楫在千里的岸边烂成不朽

他们说此后冬天很长

秋天很短

省与省之间，是一封来不及写给你的信

良 田

这里曾种植西瓜，麦子。

也点过油菜，栽过玉米。

某年，风水先生认定这是一块好地方，

这块地就再也没有种植庄稼。

只栽下一排松树。

只埋人。

在这里入土为安的，

有我大伯、二伯、三伯，以及我的老父亲。

还有大哥张志文。堂兄张东文。

想到有一天我也会来这里

与他们会合。与松树、朗月和清风为伴

我就原谅并接纳了世上的一切。

原载于《星星·诗歌原创》2022 年第 4 期

1

她们

好像并没预兆

一个愤怒的人

便从我的身体里往外

扑了出去。她冲着所有遇到的事物

撕咬。咆哮。我没有阻拦她

倘若一个人又累，又没有人爱

我也会这样。另一个悲伤的人

留在我的身体里

但没有哭。她忍着眼泪

月亮的光，多么温柔啊

人间的事，她全都不管

2

无穷镜

感谢你在家栽花种树
感谢你的远游

感谢你站在汨罗江边
亦站在尼罗河旁

感谢你勇敢、美丽、善良
亦感谢你的敏感和怯懦

感谢你流下的泪水
是真正的悲伤

感谢你笑靥如花啊
我的姑娘

感谢你在夜深终于等到离人
也感谢你沉思后硬了心肠

感谢你在几百年前
穿着我喜欢的衣裳

亦感谢你在几千年后
凝视镜中的我

亲爱的
当我在镜外
亦在镜内
当我爱你们
全是爱着无数的自己

原载于《星星·诗歌原创》2022 年第 3 期

黑眼睛

1

强光下我的眼珠是淡褐色

在夜里成了黑色

傍晚的时候暗淡、棕褐

清晨又很清澈

我有对变色的眼珠，神奇、亲切

像水波变幻莫测

现在我闭着眼睛

它就是无色了

那天我看《巴斯特·斯克鲁格斯的歌谣》

没手没脚的演员

在小小的台上念诗，真悲惨

但他的眼睛很美，是晶莹的黄色

在灯光照射下

脸白得就像失血，而眼神非常顽强

后来他坐在树下，

夜晚使他瘦小、忧伤

同行的人喂他吃了块肉

在雪地里，他的眼睛变成了黑色

真好看

他那么洁白

但融进了黑夜里

2

河岸上

我们在河岸上坐着

一句话也不说

我，我的表弟表妹、侄女

还有两岁的侄子，来这儿发呆

河水是世上最干净那种

石头更干净

除了水和石头，周围只有山

美正在水底下流着

不发出声响

大家都没说话，仿佛在敬畏什么

两岁的侄子发现了某种快乐

用力往前，想去拥抱什么

我拽着他的衣角坐在石头上

太阳很暖和

是冬天的太阳

我看着今天的水好像往

两个方向流

它永远是对的

它现在不只是水

原载于微信公众号"湖南省诗歌学会"2022年3月

【N】

铁锹铲雪

1

醒来听见铁锹铲雪的声音
沉重，悠远，持续不断。
我安静地听着
感受铁与雪，人和命运。
其间有一小会儿消失
这让我紧张
幸好片刻后声音又开始继续。

这是大雪后的清晨
和三十年前的某一天
奇迹般重叠。
父亲在窗外铲雪
我环顾四周，家还是小时候的布局
屋子里很暖和
好像年轻的父亲会随时走进来
时光再现。时光再也不见。

2

看不见的地方

临窗的街道一侧，杨树枝叶密匝
因为看不见，那段路变得异常迷人
我时常在窗前观望
想象看不见的地方，什么正在发生？

那些我没有去过的地方
没见过的人……

直到有一天，树叶落尽
我终于一览无余地望出去了
没有迷惑，亦无惊喜
一个人的暮年大抵就这样来临

和多数人一样，在别人看不见的地方
我活着，死去
不被看见

原载于《星星·诗歌原创》2022年第6期

忆山中一夜

已过去多年的寒夜，却被
身体上的几处冻伤，牢牢记住
而温暖过我的那一簇簇火苗
依然随心跳，晃动着，忽明
忽暗。注定，一生都徘徊在
无边的风雪中，沿袭着那一夜
饥寒交迫的宿命。像一个绝望的囚徒
沿袭着古老的镣铐。像祖传的哭丧人
沿袭着凄婉的好嗓子。过不去了
那绝望的一夜，一生中多出来的一夜
那面向一堆篝火，背负无垠黑暗的
一夜。余生，我都在承蒙
那篝火，那余温，那灰烬
越来，越厚重的恩典

身是客　2

深知我的人间，已漏洞百出
梦如一方蜃楼，醒是无边的海市
深知我莫名其妙的慌张，并不会
大于，无头的苍蝇，也不会大于
热锅上的蚂蚁。哪有什么
大千世界，不过是一个个碎纷纷的
日子，你千补，我百衲，拼凑出
这微弱一叹，这一声唏嘘
——身是客
你定睛看，断尾求生的是我
摇尾乞怜的，也是我
你再看，石头是我，搬起石头的
也是我。伤痕累累的，依然是我

原载于《诗歌月刊》2022年第4期

石头

1

我想到楼下去寻找那块石头

与我隔着门铃的那一块

当然并非没有其他石头

现在就在我身旁，沉默着

暖气的血脉流动着，令它们

变成大楼的骨骼，变成活着的一部分

我想下楼，去寻找那块石头

我们存在于同一个时代

生活在相同的地区

当寒风给它覆上霜雪

它不动声色，像高高在上时那样

它是山的一部分，现在

仍保持着山的形状：

一座很小很小的山。

盲 盒

张进步作品

大寒节那天，我的身体
以"寒"为题大做文章
向来被"内热"困扰的我又遭遇
立异标新的难题：持续的腰疼。
这令我困惑。与这种困惑相比
连恐惧都删繁就简了：
它以一个个念头的形式
划过一道道闪电状的波纹。
从这座困惑的山头，再翻过三十九天
我就将到达不惑。果然，医生的诊断书
贡献了新词条：筋膜炎。
困惑因之减少，但新年的礼物
就像一个被误拆的盲盒
即便再不想要，你也得为此买单
并且你还不得不将它
丢进本来就乱糟糟的事物中间
时不时它就会跳出来
命令你清理灰尘
命令你擦掉懊悔。

原载于微信公众号"中国诗歌学会"2022 年 4 月

在超市看鱼

僵硬的分类学中

有些鱼试图冲破透明的墙

多么迷人

一个人疲倦后

把自己放进对它们的发呆中

不能太久

防止突如其来的打断

他提着水，看鱼

努力认清它们被强加的命名

有些脱落

偷懒的他就用"甲、乙、丙……

A、B、C……"

这些旧事物建立新的命名学

他对世界的认知

就像自身一样被水箱封锁在外

想表达的时候

只会说

甲在有力摆尾，撞墙

乙翻动白眼，行动迟缓

丙一动不动，不再等候死亡

原载于《扬子江诗刊》2022年第3期

疼痛 | 1

小指上开一朵花，是针尖与纽扣合谋
催生的孤独的梅花

——哦，无意，完全是不经意
黄昏回光返照，一个老人在临死时重现

青春的恐惧，落木的腐土
一个老人最后的愿望是穿上少年时的旧衣服

和找寻回丢失在水里的那颗过时的纽扣
水面的涟漪，是一根葱样的手指刻下的旧痕

"驿外断桥边……更着风和雨——"
哦，无意，完全是不经意……

193

原载于微信公众号"花露文学"2022 年 1 月

卡祖笛

张随作品

我能发出的微弱声响
本可以无限放大。但被它破坏了。
在放大我的嘶哑的同时
它也限制了想象的分贝。
这么说吧：在寒冬，大地含着石头
发出了声响

儿子说："最简单的乐器。成全
你懒惰又想要掌握一种乐器的
愿望。"大地本身就是乐器
但不是一种，也许比一万种还多。
在世上，还有更多的事物发出声音
它们和卡祖笛和大地和儿子和我
都是这世界所能发出的声音的
一部分……

原载于微信公众号"安徽诗歌"2022年5月

总是经历几场暴雨
夏天才会降临

乡下小镇，虫子鸣叫
雨滴在植物的枝叶上奔跑

声音有不同的状态，时而凝固
时而流动

这是一个中年男人
和一个小男孩的陌生旅程

我听见一小块悲伤，一小块
善意的玩笑，一小块对陌生和未知的渴望

在冬夜，我与孩子们一次次
为这小小的欢乐鼓掌
仿佛我们所渴望的即将来临

原载于《江南诗》2022 年第 4 期

在七小姐[*]遇见一棵崖柏

——兼致颜非

你可以说，一粒石头的种子
在崖柏体内种下。你也可以说

一棵崖柏孕育着一块石头
它危险的腹部，有古代悬崖勒马的美

整个下午，时间表皮在我们中间
稍起褶皱。何等磅礴之物

此刻也收紧枝丫，小巧地坐在
茶几上，谦逊又难以捉摸

檀香偶尔伸出洁白的手将它抚慰
两种木质的一生，在彼此成就中完成

我们默契地停下，目睹这一切
什么话也说不出

原载于《诗刊》（下半月刊）2022 年第 11 期

---

* 七小姐，诗人颜非在鼓浪屿经营的一家小店。

白城夜饮
——给左手

张勇敢作品

墙壁在后退，座位收缩
啤酒杯内水位下降，露出大片陆地
我们误食某种深海藻类，变成鱼
鳃内满是咸味
（它尚未摸透我们身体的秘密）

如何再次上岸？
我们的海滩，巨型黑影频繁显现
沉默时，从消失的词语中窥见，秋的舌尖
死亡正拉响收割机引擎
你看，热量回收站门前，人头攒动

今夜，从比珍珠湾更大的海域袭来的风
往比厦门岛更大的岛屿驶去
我们伪装成信使，得以存活
风，是大海突然打开的一扇门
秋啊，在门前急速航行

原载于《星火》2022 年第 2 期

1

目录

我是陈旧书名的目录，
而你将吞进灰尘。
这尘封的恩赐，断裂着绫绢的质地，
露出铅字的艰涩。

在印刷厂灰暗的哲学里，
它从未低垂，
以一己之力改变着气味。
直到有人将它取走，
送进新华书店簇新的橱窗，
它用仿宋体的瘦弱，
中和着读者日益圆润的脸。

我是它分娩出的一个灵童，
带着永远的巨婴症。
我无法正视人们的背叛，
将字体变灰，变脏，
变成冷宫里的楔形文字，

隐藏在考古学的深井中。

我是愤怒的集合体。
在霉变的地下室，我无数遍宣读
最初和最后的公约：
在日益臃肿的巨型城市，
唯有对书的爱不可弃绝。

原载于《诗林》2022 年第 5 期

在船上我们从未忧愁

天色微明，父亲带领我把船推入水中
划破了寂静。苇叶黏在水面
似更小的孤舟
我们要去很远的地方试试运气
木桨湿淋淋倾斜着升起，短暂滑行
重落回青绿色的江水
年少不知有多少时光，是在我与父亲
交替划桨中度过的。
江面空荡，再无别的船只，沼泽掠起的
灰鹭，鸣叫着盘旋
江流日日刷新
谁也不知收获如何。但在船上我们从未
忧愁，赶往未知的地点如命中注定

江畔独行

黄昏，我喝了些酒，沿着江畔独行
风息止下来，云朵关闭了天空
一切正缓慢下沉

我看见了它，一条独木舟般大的鳇鱼停在
离岸几尺的地方，张合着阔嘴。
没有鱼叉或铁钩，我徒然地看着它
浮在傍晚深灰的水草间，如一个真切的

美梦。它为何游到这里，而不藏在江水深处？
难道激流中也有令它
厌倦的事物，也躲在这里散心？

我同病相怜地坐在岸边，与它休战
那一刻我们共同面对着世界而心照不宣

原载于《诗潮》2022 年第 7 期

1

光

不为词语表达的理想，不为光伤害的
梦，还没使用的未来，不为黑暗察觉
我站在这里守候日夜的交替，用钉子
将灰暗的叹息、影子钉进黄昏的光线
穿过绿色玻璃留下弯曲的路，我的脚步
遇到喧哗的集市，深沉的薄暮从车轮间
挤出更粗暴的风，街巷里灰暗的路灯
我给你溃败时间里的寂静，飞鸟抹去的
地平线，信仰季节的树木，郊野的晨星
黑蜥蜴穿过的沥青路，幽静辽远的犹豫
陷入梦境的光束，茫茫天际间的波浪
一个孤独者的下午，我在异乡的不安
在东莞或重庆，诱人的危险，清灰的
秘境，去年夏天的炎热，街头小贩的叫喊
突然让我痛苦的厌倦，破碎的铁片
被云遮盖的贫瘠大地，羸弱的幼鸟
我感到狂热的在焚烧的激情、理想
那光投在头顶的梦，过去、未来的虚幻
我从未如此清晰的爱、困惑、失败

2

隐秘的秋天

我们曾有过那座城市的欢乐与忧伤
它港口的船只，高速公路的货柜车
深夜酒吧喧哗，冷漠而高傲的姑娘
在静谧的夜，为爱收集的落叶与露水
屋顶上的迷途者与星星，我们在工厂
用铁的语言与生锈的词根剖开高耸的
烟囱，那玫瑰色的未来，彩色塑胶与
灯饰从身体挖掘隐秘的秋天，外省人
投身于它的繁华，却从来不曾拥有它
我们像尘埃不值一文，但无数的我们
堆积成了它，时间融化着万物
为无法挽回之物懊恼，钟情于毁灭之物
在怀旧的暮色间迟疑，靠近痛苦的凋零
比秋天更疲惫的身心拒绝时间的庇护
灰色的大街会加深我们的沉默，黑影子
残余的液汁瓦解城市的白昼和怜悯

原载于《广州文艺》2022 年第 12 期

1

输入法

它记录我使用过的词汇

使它们日益壮大

如一支前行的队伍

我的一生慢慢消磨

这些义正词严的口号与不为人知的秽语

还有本该遗忘的名字

会不时冒出来，让我慌乱遮掩

它们在网络世界一路奔跑

最终气喘吁吁，破碎成陈旧符号

现在我不想捡起任何一个

命运早已安排了

一切。走过的都已走过了

我将在老去后的黄昏里

敲击键盘，引诱它们

看其是否随时待命

准确地重现我经历过的世界

还是早已无影无踪

远远地跑去，拼凑了他人的一生

2

声 音

我曾将斧头砍进那棵树

拔出时，它张开嘴

持续叫喊

怀着仇恨

后来我适应了耳鸣

忽视这声音，也忘记了疤痕的样子

我的记忆不再鲜活

它的伤口不再锋利

现在的街边、郊外、丛林间

镶刻着许多相似形状

它们缄默对望

风涌时，并不发出哀号

原载于微信公众号"北京老舍文学院"2022年5月

1

制造时间

那些撸起袖子的工人们

燃烧着日子，从六月、七月到八月

他们有过度明确的方向

风吹不皱，时间只敢怯生生地偏移

用鼻角的阴影部分乘凉

思考宇宙的时间留给了孩子

星际的重量超过了书本

眨巴的眼睛，被发热的词语

点燃……烧起来了，烧起来了

那种灼烧感，我父亲的脊背有幸体会过

相熟的生活碎片时刻期待在关键时刻

加入其中，让火焰挑选真正的金子

原载于《四川文学》2022 年第 3 期

我需要辽阔指向我

为了理解宿命，不敢帮谁
扇风，也不替自己点火
爱情和我并列而坐，嘘寒问暖

只要我还爱着，这一天的身体
就有理由长出另一天，直到
影子慢慢淡出，我需要辽阔指向我

眼里深藏的一片湖水，无争无欲
被拉伸为立体状，直泻而下
剧烈撞击怀里的礁石，决不
讨要生活欠下的第八十一句真理

原载于《芙蓉》杂志 2022 年第 4 期

白鸟

在稀罕的假日清晨醒来，
望着天花板继续安静地躺在床上。
心情犹如空气中递来一块方糖，
我轻轻张开嘴，接住了它。
我说谢谢。然后，
我消失了。
像在树林里搜寻一只
刚扎进去的白鸟，你确实看到。
但你找不着了，不是吗？
你提着你的蔬菜久久不愿离开，
像是树林没有找你零钱。
最后一脸不甘地，回头，走过商店，
报刊亭，上一个坡的时候，
邻居向你打招呼（但你没听见），
然后回到家中。
脑海里还在想着
那只白鸟，那个我
最后留给你的
清晨景象。

2

月光下的犀牛群

短夜
像一块廉价的灰金属
置放在没有光泽的工厂里。
到处弥漫着皮草、松香、火药的味道。
货车们在路上驰骋，像月光下的草原
跑过一群群犀牛。

男人坐在环锦酒店不太明亮的大厅里
和酒店老板聊天。灯管像另一个
营养不良、体力透支的男人。
他手里拿着一瓶酒，价格
跟这间过路酒店一样低廉。

这车货将要在明早六点发往海南。
现在是凌晨一点，他还来得及醉一场。
他，
又抬起酒瓶深深地
呷了一口。
酒从他的胃里
奔跑到他脑袋里，
像月光下的草原跑过
一群群犀牛。

原载于《广西文学》2022 年第 6 期

大象的踪迹

漫步在人类的群山

它相遇过，晨曦中的白鹤

微风吹拂心灵的羽毛

一小队出尘的芦花

流水里它们一触即碎的倒影

它相遇过，大雾中虔诚的芭谷林

它们繁复的拱门和穹顶

它们集体走向了深秋的集市

落日之光啊，闪烁在

细草中它神殿般的巨柱间

它相遇过，居住在荆棘丛中的卵石

雪峰之巅最后的黄金

它相遇过，一整个世界的避让和缄默

当它穿过空无一人的街道

铁窗背后的人们，纷纷抱起瓷器

心跳声，埋藏在大海深处

暮色如雨降下，群山在召唤

当它缓缓步入其间

成为又一座山峰之后

它相遇了这个喧嚣的人世间

那些蜻蜓的蓝翅膀，蚱蜢的红围巾

欢呼的狗尾草，流水虫鸣之上

那些鼎沸的烟花和灯火

原载于《诗刊》（下半月刊）2022年第6期

牧云而去者

1

这种形象，穿透云层和大海

开始往上螺旋，飘浮，重复回荡

天空澄净如练，鸟翼习惯俯冲

在黄阳，一座山缠绕着另一座山

大海有时远远朝你袭来，像归乡的故人

我见过牧羊的汉子，现在放下鞭子

坐在屋顶牧云。午后，他躺在草地上

细小的风流过他的身体，梳理记忆

类似之物：河滩、沙子，以及裸露的盐

作为狭小的理想，圆满之后

总是乘云而去，浮游天地。有时

我会想起蒲公英，填补眼前的空白

河水随之而来，河岸上的父亲

十几年不下船，偏爱河，化身为鱼

或者是树上的男爵，他熟悉

每一片叶子，用以搭配他的生活

往回走，四季的轮廓清晰可辨

傩 戏

2

事实就是如此：当哑暗的颜色
和混沌的声音一起出场也并不能准确
抓住许多年前的那些完整光影，余下的
便如刮落的鱼鳞和青伞上旋掉的雨点
而记忆已经是生了锈钝了口的刀子
先生、先生，花姐的飞蛾停在青竹房上
他臃肿的身体挥舞木剑，那个下午
跳动的空气像独自拨动的灰色琴弦
面具之下，老人们的谜，来自约定俗成
而我期待屋顶的黑瓦掉落，如同
砰然炸开的花斑纹迹——世界的另一侧
这样的代价是天上多出一颗星
先生少见了，谁在收割我们的稻子
先生不再来，收漆的工具像倒卧的船
先生消失于梨花盛开的夜晚，三月
我醒来的清晨，窗外落了一地的雪

原载于《星星·诗歌原创》2022 年第 9 期

邹弗作品

我一次次割断它们的茎脉

置于含氯的水中

看它们能在我的目光里，存活多久

我知道这是一场掠夺

以此证明：不懂惭愧的占有，不能带来天崩地裂

是，什么都无恙

最初的几天，紫依然紫，黄依旧黄

当悔意漫上心尖

所有门窗开启

没有一只蝴蝶闯入

一场活着的死亡在蔓延

但我上了瘾

罂粟花推倒蔷薇和绣球

瓶子一空，我习惯提着篮子和剪刀

去剪，去剪

一根枝干，一朵花，一片叶

我没有放过它们

就像宇宙始终不曾饶过几个流浪汉

我一遍遍修剪

让它们站着，倒着，横着，竖着

就在一瓶不流的水里

我提前体会一种长久的短暂

原载于《扬子江诗刊》2022 第 6 期

秘密

1

村子里那些死去的人
实际上他们还隐秘地活着

自从我知道了他们的名字
他们就一直跟着我

天还没亮，我就看到了他们
我赶上去，欢喜地看见很多星星被划来划去
变成火柴

他们划了一根
又点了一根。香烟在树上慢悠悠地吸着

他们跟我说了几句话就不见了

原载于《伊犁河》2022 年第 2 期

2

野葡萄

你曾说，葡萄是个好东西。葡萄的肉体
营养那么多，糖和酸，铁与钙，正是你
身体里所欠缺的……它与我，共同构成
太阳的阴晴，月亮和你，彼此的圆缺

这么多年，你不爱喝葡萄酒
吃葡萄不吐葡萄皮。这么多年
你不爱运动，一直缺铁与钙
直到牙齿开始掉
你闻见了血，葡萄的汁液

你曾说，想吃山上的野葡萄。说完这一句
嘴里酸酸的，眼睛酸酸的
亲爱的，我的心里，也有一种潜伏的人生
它们的味道，和葡萄一样
是冰与火，混合的糖果

你曾说，我是一只偷吃葡萄的狐狸
那么好……我情愿自己
在你，弯弯曲曲的命里，它可以四处奔跑
它流到哪儿，哪儿就会变软，变酸
甚至变成你身体里所欠的
铁与钙

原载于《延安文学》2022 年第 3 期

图书在版编目（CIP）数据

2022 中国青年诗人作品选 / 龚学敏，刘学民主编.
——成都：成都时代出版社，2023.8
ISBN 978-7-5464-3253-3

Ⅰ．① 2… Ⅱ．①龚…②刘… Ⅲ．①诗集—中国—当代 Ⅳ．① I227

中国国家版本馆 CIP 数据核字（2023）第 102793 号

2022 中国青年诗人作品选
2022 ZHONGGUO QINGNIAN SHIREN ZUOPINXUAN

龚学敏　刘学民　主编

出 品 人　达　海
责任编辑　李卫平
责任校对　张　巧
责任印制　黄　鑫　陈淑雨
封面设计　许天琪
装帧设计　成都九天众和

出版发行　成都时代出版社
电　　话　（028）86742352（编辑部）
　　　　　（028）86615250（发行部）
印　　刷　成都博瑞印务有限公司
规　　格　145mm×210mm
印　　张　7
字　　数　120 千
版　　次　2023 年 8 月第 1 版
印　　次　2023 年 8 月第 1 次印刷
书　　号　ISBN 978-7-5464-3253-3
定　　价　58.00 元

悲伤与灿烂的波光融为一体

将它们封存为木架里的火焰

我在你灼热而痛苦的灵魂上涂涂抹抹，

孤独度过半生

亲密、手臂与谎言之间

睡梦中的变化

在地面，风一吹，就飘起来/本以为自己足够强大

生活的潮水已在拍打我的皱褶